新潮文庫

満潮の時刻

遠藤周作著

満潮《みちしお》の時刻

I

戦争が終わって、十数年になる。

梅雨の名残りのような霧雨が、朝から午後にかけて東京をしっとり濡《ぬ》らしていたが、四時ごろ、やっとうすい陽が雲間から洩《も》れ青空がみえてきた。光りは新緑から濃い葉に変わりだした街路樹をこまかく赫《かがや》かせ、道の水溜《みずたま》りに白い雲をポッカリうつした。

渋谷から三原橋にむかう都電に乗って、明石は窓に顔を押しあて、雨あがりの青山あたりの風景を見つめ、昔、学生の頃のことをふと、思いだす。

そう――

あの頃と言えば、ここはどの家も戸を閉じて、静まりかえっていたのだ。店屋という店屋には物らしい品物もなく、本日休業という汚れた木札を爆風よけの紙を一面にはりつけた硝子《ガラス》戸にぶらさげていたものである。どの店の前にも防火用水の桶《おけ》や火たたきの棒がおかれてあった。所々には疎開《そかい》をすませて、とり壊しになっている家も見うけられた。通りも街も、陰気な老人のようにおし黙っていたのだ。それはまだ東京に空襲が烈《はげ》しくなる直前のことだったが、しかし街も人もやがて襲ってくる死を予感して、あんなに静まりかえっていたのかもしれぬ。そんな気がするような静寂がここら一帯を支配していたのである。

だが今はどうだ。列をなしてタクシーが走る。乗客を一杯に乗せたバスが、体をゆさぶりながら辻《つじ》をまがっている。細めのズボンをはいた青年が紙袋をさげた娘の肩に手をかけたまま、交叉点《こうさてん》を楽しそうに横切っていく。

(まるで何もなかったみたいだな)

明石は窓から顔をそらせて、真正面をむいたが、空襲の間東京にふみとどまってい た彼は、このあたりが、ある夜、真っ赤な火の海となったことを知っていた。明石の家は世田谷の経堂《きょうどう》にあったから、その夜の空襲からはまぬがれたけれど、翌日、父に命ぜられてここに住む知人の安否を知りに自転車で駆けつけてきた時、渋谷道玄坂からまだ余煙のくすぶる褐色の焼野ケ原が眼前にぱあっと拡《ひろ》がっているのに、茫然《ぼうぜん》として立ちつくしたのである。

(思えば……俺も、どうにか、よく生きのびられたものだな)

この感じは東京の街を歩いている時、戦中派の彼の胸に急に、横切るものであった。そんな時、彼は一種の言いようのないホッとした気持ちと快感とをおぼえ、同時に、生きのびたと言うことを何かうしろめたいもの、恥ずかしいものに感じるのだった。

都電の中には学校がえりらしい青年たちが三、四人、吊皮《つりかわ》にぶらさがって、プロ野球の結果について論じあっていた。

「とに角《かく》、勝ち残らなくちゃあね」

と眼鏡をかけた、その一人が言った。

勝ち残らなくちゃという言葉が明石の胸にその時生き残らなくてはという言葉に不意におきかえられた。彼の同世代の者の中には、戦場やこの東京で死んでしまった者が多かった。

(俺は、どうにかあの戦争でも、戦後でも生き残れた。これは幸運だといえば、全く幸運だったんだな)

明石は兵隊には行かなかった。学生の徴兵延期が廃止になって文科系の者は、途中で学業を放擲《ほうてき》して兵営にいかねばならなくなった時も、彼は徴兵検査で召集を一年、延期してもらった。ちょうど検査のある一週間前、烈しい熱と咳《せき》におそわれ、肋膜炎《ろくまくえん》だと医師から言われたからである。

その肋膜炎がどうにか治りかけ、彼が入営を覚悟して毎日、赤紙の来るのを待っているうちに戦争が終わった。彼は自分の幸運を悦《よろこ》ぶと共に、うしろめたさをあの八月の暑い日ざかりの日に感じた。

三原橋で都電をおりて、中学校の同窓会の開かれる「千石」という料亭を探した。夕靄《ゆうもや》のたちこめだした路《みち》を、芸者をのせた人力車がゆっくりと走っていった。高級車が長い塀の横に幾台も並んでいる。料亭の名を書いた半纏《はんてん》をきた男たちが、下駄《げた》ばきのまま二、三人、立ち話をしていたが、彼等の喫《す》っている煙草《たばこ》の火が赤く光った。

「千石さんなら、この先でんな」

男の一人が関西弁でそう教えてくれた。

「すぐ、わかりまっさ」

ポケットの中から葉書をとりだして、明石は会が六時から始まるのを、もう一度たしかめた。もう、みんな集まっているだろう。中には中学の時、机をならべただけで、以来、御無沙汰《ごぶさた》している旧友も来ているかもしれなかった。

打ち水をした玄関に入ると、女中が三人、指をついて頭をさげた。

「もう、みんな、来てますか」

「十人ほど、お集まりで」

長い廊下を女中に案内されて右にまがり左におりると、小さいが築山《つきやま》のある庭がみえた。蛍光燈《けいこうとう》が青く、涼しく光っていた。

「ここで、ございます」

少し開いた襖《ふすま》のあいだから、ふとい笑声がきこえた。彼の姿を、卓子《テーブル》をかこんだ八、九人の男たちが急に見あげて、

「やあ、バッタだ」

「久しぶり」

「よう来たねえ。まあ、こっち来い」

バッタと言うのは明石の中学生だった時の渾名《あだな》である。二十五年ぶりでこの懐《なつ》しい渾名をよばれた時、自分たちの通っていたあの中学校の校舎や、汗の臭《にお》いのこもった柔道場や窓硝子の破れた銃機庫が突然思いだされてきた。

彼は自分の眼の前にいる旧友たちの顔を微笑しながら見まわした。レンギョ、センガン、ボケ、フグ、各々《おのおの》、渾名は憶《おぼ》えてはいるが咄嗟《とっさ》に名前の浮かばない顔がこちらを向いている。彼と同じように四十歳になり、家庭の夫と父であるそれら中年男たちの顔にはしかし何処《どこ》かに少年時代の面影がまだ残っているような気がする。

「さあ駆けつけ一杯」

誰かが麦酒《ビール》の瓶を差しだし、コップにつがれた白い泡を明石は一息で飲みほした。

「バッタは今、どこに住んでいるの」

「駒場《こまば》」と彼は口の泡を手の甲でぬぐいながら、

「東大の近くだよ」

「へえ。なら、俺とこから遠くもないな。下北沢にいるんだが、一度、来いよ」

麦酒をついでくれた男はポケットから名刺を出して明石に渡した。その名刺に眼を落として、明石はこの男の名が今井と言ったのを思いだした。たしか浪人一年をして、松本の高校に進んだ男である。

「バッタ。俺のこと、まだ憶えとるか」

「憶えているよ。君はいつか、ぼくの弁当を食ったじゃないか」

「冗談じゃない。俺がそんなことを、するもんかね」

「いや本当。二十五年間、あのことは忘れんよ。食い物の恨みは怖《おそ》ろしいからねえ」

みんなは声をたてて笑った。

「しかし、二十五年か。お互い年をとったもんだな」

「お前の所は、子供が何人いる？」

「二人だよ。上の子はもう小学校五年になる」

「恋愛結婚だったな」

「見合いだ。軍隊から戻って、親があまりうるさく言うものだからね、写真だけで決めた女房だよ」

みんなに酒をつぎあい、箸《はし》を動かしながら、自分たちの今やっている仕事や、家庭のことを報告しあった。

「しかし、今日、誰々の姿がみえんかなあ」

「ポンタがいない」

「ポンタは死んだそうだよ。満州で」

「死んだのか」

一瞬みなの声がやみ、一点をみながらじっと考えこんでいる。

「スッチョンは」

「あいつも戦死。沖縄の部隊で玉砕してしまったんだよ」

「井口も比島で死んだだろう。北大に田畑やポコペンと一緒に進学したんだが、あいつだけ文科系だったから、召集されたんだよ。高槻《たかつき》の工兵部隊に入営した時、俺、営門まで送りにいってやったんだが、あれが最後だった」

同じクラスの中であの戦争中何人、戦死したのだろうと、みんなは指をおって数えはじめた。わかっただけでも九人の者が、もうこの世にはいない。スッチョンにポンタ。ガンソに井口。永末に岩佐、死んだ者の顔は――それはまだ中学校の制服を着て、ニキビだらけの幼々した顔のまま、明石のまぶたの裏にはっきり残っていた。

「お前はどこへ入営した」

「俺？　俺は鳥取さ、危うく満州につれていかれるところだったが残留部隊に編入されてね。命びろいよ。満州にいった俺の仲間は井口と同じようにフィリピンにまわされたからね、ひょっとしたらこちとらも今頃はこう酒なぞ飲めなかったかもしれないね」

「バッタは？」

誰かが、席の端から、そう聞いた。彼が自分は肋膜炎を患《わずら》ったため、入営しなかったのだと言うと、ほうと言うような溜息《ためいき》がみなの口から洩れて、

「そりゃあ……運がよかったねえ」

「全くだね。あの時代に、俺たちの年齢で召集を受けなかったなんて、万分の一の僥倖《ぎょうこう》だからな」

しかし明石は旧友たちの眼に羨望《せんぼう》だけではなく、一種の侮蔑《ぶべつ》と敵意のようなものが

一瞬だったが光ったのを感じた。そうか。お前だけが、あの辛《つら》い軍隊生活を逃れたのかい。うまくやったな。みんなが苦しんでいた時、お前一人はその運命を共にしなかったのだからな。

中年の女が三味線を持って座敷にはいってくると、女中がみんなに流行歌を印刷した小さな冊子をくばって歩いた。

「同じ、やって、もらうなら、戦争中の歌がいいね。なつかしいやな」

「そうだ。愛馬行進曲というのがあったな。それとも、父よ、あなたは強かったというのがいいか。しかし、君い。三味線でひけるかい」

「ひけますとも」首まで白粉《おしろい》をつけたその女は撥《ばち》を持ちなおしながら黄色い歯をみせて笑った。「あたしだって、あの頃、よく歌わされた一人だったんだから。あら、イヤだ。年がわかっちゃうわねえ」

三味線が悲しい音をたてて「見よ、落下傘《らっかさん》」という憶えのある曲をひきだすと、一同は声をそろえて、歌いはじめた。その歌は、戦後のどんな流行歌よりも、みんなに共通した思い出を甦《よみがえ》らせる。雨の中を配属将校に怒鳴られながら、歩いた日、歌わされた唄《うた》。音楽教室でも、上野を出たという若い教師がこの曲だけは眼をかがやかせて教えてくれたのだった。

歌いながら左の男が明石の肩に手をかけた。まるで昔、そうやってこの唄を合唱したことを思いだすようにこの友人は眼をつむって声を張りあげている。その男の酒に酔った赤黒い顔や首や肩においた手から感ぜられるニセの友情が明石には重かった。肩胛骨《けんこうこつ》のうしろ側で鈍痛がする。疲れた時、この頃、なぜかしらないが、右の背中の一点に、堅い棒を入れられたような違和感を感ずるのである。彼は相手を傷つけないようにそっと肩を動かし、おかれた手から脱《のが》れた。

会が終わったあと、その男と今井とが彼を銀座の酒場に誘った。今井の行きつけの酒場は日航ホテルのうしろ側にあった。二人のうしろから階段をおりると、ムッとした暖気が通風口を通して明石の顔にふきつけてきた。背中の鈍痛はさっきよりももっと強く感ぜられ、なぜか知らないが咽喉《のど》の奥に小さな魚の骨がひっかかっているような気がする。

「今井ちゃん。久しぶりねえ、珍しいじゃないの」

髪をみじかく切った女の子が、今井の両手を摑《つか》んで甘えながら体をうしろに倒すと、

「今日、中学時代の同窓会があってね」

その手をもったまま今井は腰をおろして、連れてきた二人に眼くばせをした。

「二十五年ぶりで、幼なじみのこいつ等に会ったのさ」

「二十五年ぶり。いいわねえ。男の人は」女の子はタオルを三人に手渡しながら声をあげた。「女はみなお嫁にいくからチリヂリになって、学校出たって同窓会なんかに集まらないのよ」

「俺たちもチリヂリさ。チリヂリどころじゃない。九人の奴《やつ》がもうこの世にはいない」

「病気だったの」

「馬鹿《ばか》言っちゃいけないよ」今井は怒ったように大声を出した。「戦死だぜ。戦争で死んだんだぜ。俺たちあね、戦争に駆りだされて、一番つらい思いを味わわされた世代なんだ。お前さんたちとは……違う」

今井の声には本気で何かを訴えている部分と自分たちが戦争に行ったことを得意になっている調子とが重なっていた。

「有難うございました」女の子はケロリとして「お礼を言うわ」

「なにが、有難うございましただ」

「だって今井ちゃんたちが一生懸命、辛い思いを我慢してくれたから、あたしたち若い者がこうやって楽しくやれるんだと……そう言いたいんでしょう」

「冗談言うな。俺たちの苦労がお前らにわかって、たまるもんか。いいか。軍隊じゃあな。初年兵は古参兵の靴まで舐《な》めさせられたもんだぞ。夜になると、上等兵たちに命令されてな、柱につかまって、蟬《せみ》の鳴き声なんかさせられるんだ。寝台と寝台の両側を、こう、つかんで体を宙にうかせたまま、自転車に乗っている恰好《かっこう》をさせられるんだ。お前たちにあの毎晩の辛さがわかってたまるものか」

「僕、海軍だったからね」

さっき料亭で明石の肩に手をおいて唄を歌っていた男が大きく、うなずいて、

「前に手をつかされて、精神注入棒で尻《しり》を叩《たた》かれた思い出は決して忘れられないよ。今でも夢でもみるくらいだな」

「イヤだったなあ」

今井はウイスキーを入れたコップを眼の前にもち、それをじっと見ながら呟《つぶや》いた。

「本当にイヤだったなあ」

向こう側の椅子《いす》で別の女の子と話していた若い客がこちらに眼をやった。社用族らしい二、三人の客が階段を降りてきて、中が満員なのを見ると、首をすぼめて引きあげていった。

「こちらさんは、一寸《ちょっと》も召し上がらないのね」

煙草をふかしながら二人の話を黙って聞いている明石に女の子はマネキン人形のような微笑をみせながら、

「温和《おとな》しい方だわ。今井ちゃんと違って」

「そうかね」

「あなたも、今井ちゃんと同じように軍隊にいらっしゃったの」

明石はグラスを口にあてて首をふった。

「こいつは、行かなかったんだよ」今井は皮肉とも軽蔑ともつかぬ口調で横から言った。

「どうして軍隊に行かなかったの」

「運のいい奴さ」

「病気だったからさ」

「でも、今は丈夫なんでしょう。それじゃ本当によかったわね。いい時に、うまく病気をしたんだから」

明石はこちらをチラッと見た今井の眼にさきほど料亭で感じた一種、敵意のような光りをみつけた。お前は俺たちと同じ世代のつもりかもしれないが、本当は俺たちの仲間じゃない。お前は別の種族に属する人間だ。スッチョンは沖縄で戦死。ポンタは満州でソ聯《れん》兵のタンクにぶつかって死んだ。井口は比島のどこかで行方不明。ガンソも永末も岩佐もみんな戦病死をしたんだ。俺たちは死にはしなかったけれども、彼等に恥ずかしいことはしていない。しかし、あの時、お前だけは軍隊にもいかず、のうのうと娑婆《しゃば》の飯を食っていたわけか。

「今井ちゃんは、兵隊の時、本当に鉄砲を射《う》ったことがあるの」

「実戦では射ったことはない」

「じゃあ、ずっと内地にいたわけね」

「ちがう。俺はね。仏印の西貢《サイゴン》で駐屯していたんだよ。西貢」

「西貢なら僕も行ったことがある」もう一人の男がうなずいた。「もちろん戦後だから、ベトナムが独立してからの話だが奇麗な街だったなあ」

「ほう、井上も行ったことがあるのか」

「行ったよ」

「クリーム色の仏蘭西《フランス》人の家が幅の大きな道の両側に並んでいる。太い火炎木の樹《き》が赤い花をいたる所に咲かせていてね。その花の色が真っ青な空に調和して、そりゃ美しかったもんだ。でも俘虜《ふりよ》生活の時が苦しかった。仏蘭西兵に意地悪な奴がいて」

「俘虜生活をやったのか」

「やったよ。一年間。そしてアメリカのL・S・Tの甲板に寿司《すし》詰めになって日本に戻ってきたんだ」

「君のように戻れない兵隊もいたな。僕が西貢に行った時ね、現地人から日本兵の墓に案内されたことがあるが、ヤシの林のなかに土饅頭《どまんじゅう》が一つポツンとあって、西陽がわびしくさしていた。現地人が埋めてやったんだろうがねえ、何か憐《あわ》れで眼がしらがジィンとしたよ」

「きっと、病気で戻れなかった兵隊だろうな。そうか。そんな土饅頭が西貢にあったのか」

さきほど感じた肩胛骨の鈍痛をまた背中におぼえて、明石はためすように右腕を上下に動かしてみた。こういう鈍痛はもう十七年前にはじめて肋膜炎《ろくまくえん》をやった時、起ったものだ。もちろん、肋膜炎はすっかり治ったから、その再発である筈《はず》がない。

十七年前、四十度ちかく続いた熱がやっとひいた時、彼は母親と看護婦とにまもられながら本籍地の鳥取まで行った。そこで徴兵検査を受けるためである。京都から小さな、よごれた山陰線の汽車に乗って、沢山のトンネルをぬけ、やっと鳥取まででついた時は夕暮れだった。背中のあたりに間歇《かんけつ》的に悪寒《おかん》が走り、熱がふたたび出てきたのを彼に感じさせた。宿につくと、ぐったりとして寝床についたのを憶えている。

それでも翌々日、小学校の講堂で開かれた徴兵検査を辛うじて受けた。右腕からとられた血液の沈降速度は八十に近かったにちがいない。

ともすれば崩れ落ちそうになる躰《からだ》を引きずるようにして検査官の前に立った時、中佐の襟章をつけた軍人は蒼白《そうはく》な彼の顔を気の毒そうに見て、

「一年まわし。この一年の間にその体を治してこい。一年たったら召集令を出す」

そう言ったのである。

この言葉を聞いた時、明石は急に、胸の奥底から笑いがこみあげてくるのを感じた。それはたんに自分が兵役から一年の間、脱れることができたという悦《よろこ》びの笑いだけではなかった。

（うまく、いったぞ）

頭のどこかで、そんな声が手を拍《う》ちながら呟いている。

（うまく、いったぞ）

彼は自分がこの時に病気にかかったことを幸運だと思った。そして、この検査のあと兵営に送りこまれる連中を心ひそかに憐れだと思った。

その時のうすら笑いを浮かべた自分の顔を明石は今、はっきりと思い浮かべること

がでてきた。もちろん検査官の前ではつらそうな仮面を作ってはいたが、もし誰もあの薄暗い雨の日に埃《ほこり》くさい講堂の中にいなければ、きっと曝《さら》けだしたに違いない満足そうな笑い顔が、彼の心に甦ってきた。そしてその顔の横に、さっき話に聞いた土饅頭の光景が急に並んだ。人影のない椰子《やし》の林で西陽だけがさしていたという日本兵の墓のイメージである。

「しかし、ここの女の子は意外と美人をそろえているじゃないか」

「ママがそのほうは手腕があるらしいからね。あっち、こっちの喫茶店をまわって目ぼしい娘をスカウトしてくるんだ」

「近頃は銀座も関西の酒場が進出してきたと言うじゃないか」

「そうなんだよ」

「おい。もう一杯、水割りをくれないか。ウイスキーはさっきの奴でいい。君はもう飲まないのか。明石は全然、それをあけてないぞ。やれよ。何を考えこんでいるんだい。久しぶりで会ったのに滅入《めい》った顔をするもんじゃないよ」

明石は頬に微笑をつくりながら、うなずいたが、咽喉のあたりに魚の小さな骨でもひっかかったような感じがして、グラスの酒を一挙に食道に流しこんだ。

「一寸、失敬」

彼は立ちあがって、席と席との間を通りぬけ、便所に行った。扉をあけると、鏡の前に女の子が立って、ルージュを唇につけていた。

「いいんですよ。もう出ますから」

そう言うと彼女は急いでハンドバッグをしめて、明石の横を通りぬけた。便器の上にうつむいて彼は指を口に入れると、咽喉にひっかかっているものを吐こうとした。その時、胸の底から熱い、生臭いものがこみあげてきた。そして白い便器の中に、真っ赤な血が飛び散った。

しばらくの間、明石は水洗の鎖を右手に握ったまま、じっと動かなかった。自分が吐いたものが血だと信じられない。だが眼の前にまだ残っている鮮血の無数の点は、今、自分が夢を見ているのではないことを、はっきり示している。

ハンカチをポケットから出し、口を拭《ぬぐ》った。血がそこにも刷毛《はけ》でなぜたような染《し》みをつけた。

鏡の前に眩暈《めまい》を感じながら向きあった、蒼黒《あおぐろ》い顔が蛍光灯に照らされてうつっていた。少し開いた扉から何も知らぬ客たちの笑い声がきこえた。彼がその扉から姿をあらわすと、さっきの女の子が熱いおしぼりを、手渡してくれた。

「どうしたんです。真っ青ですよ」

「いや」彼は無理矢理に笑おうとして「なんでもない」

「バッタ、来いよ」今井がむこうから手をあげた。「女の子たちが、おむすびを食べたいと言うんだ。みんなで一寸出かけようじゃないか」

喀血《かっけつ》したんだ。病気になったのだ。たった三分前、便所に入る前までと今とはこの店の中は何一つ、変わりはないのに、その間に血を吐いた。とに角、急いで帰らなくちゃいけない。落ち着け。今井に打ち明けたところで仕方がない。

「すまないが」明石はカウンターに体を靠《もた》せながら、答えた。「俺、先に、帰らせてもらうよ。寒気が、急に……するんだ」

外に出ると、空車という文字を赤く光らせて車が近寄ってきた。座席に腰をおろし、

「駒場《こまば》」

それだけ言うと彼は両手を膝《ひざ》の上で結びあわせたまま、眼をつむった。急にふかい疲労が躰の奥底からこみあげてきた感じである。

これから、どうしよう。とに角、入院せねばなるまい。治療にどれくらい、時間がかかるかわからない。今後の生活の方針は、医者にそれを聞いてから、妻と考えよう。しかしその妻にどういう風に話そうか。

うす眼をあけると、河の流れのように自動車の列がこちらにむかって流れてくる。ラジオはＳＡＮＹＯという広告や、ＲＥＳＴＡＵＲＡＮＴというネオンが窓の外を過ぎていった。

車をおりると、家の灯はみんな消えていたが、ただ木の門だけが少し開いて、彼を待っていた。

玄関で音のしないように靴をぬいだ。しかしこちらの気配を察したのか、廊下のむこうで電気がついた。

「どなた」

「ぼくだ」

裏口の犬小屋で鎖をきしらせながら犬が起きてきた。よし、よしと言って明石は老犬の頭をなぜてやると、玄関をあけて、

「まだ、眠らなかったのか」

妻はまだ寝巻きに着かえてはいなかった。

「ええ。十二時まで待って、お帰りじゃなければ、寝させて頂こうかと思ってましたわ。お風呂《ふろ》がわいてますすよ」

「風呂か」

喀血をした体に風呂など、禁物であるぐらい明石はもちろん、知っていた。

「今日は入らないよ」

「あら、どうして」

この妻に自分がたった一時間前、血を吐いたことをどういう風にして告げたらいいだろう。

彼はゆっくりと洋服をぬぎ、妻の出したパジャマに着かえた。

「子供は」

「とっくに寝床。……テレビを見ているうちに眠っちゃったのよ。お茶でも入れましょうか」

なにも知らず、今朝と同じような平穏な生活が明日も続くと信じている妻の表情を見ていると、明石は一種の可笑《おか》しさにさえ捉《とら》えられる。

「まあ、先に、寝床をしいてくれよ。少し、疲れたんだ」

彼は妻と自分との間にある心の距離を推しはかった。彼女は俺のことを何でも知っていると思っている。何でも見ぬけると信じている。しかし、俺に一時間前、起こったことさえ、わからない。

「どっこい、しょ、と」

布団《ふとん》の上に体を横たえ、彼は煙草《たばこ》を一本、口にくわえた。

(入院したら、絶対に禁煙を命ぜられるだろうな。と、すると、これが最後の煙草というわけか)

しかし彼は二度目の喀血を怖《おそ》れて、口に煙をふくんだだけで吸いこむのはやめた。巻き紙を焼いていく赤い火口を、しばらく眼をしばたたきながら眺めていた。

「はい、お茶」

妻は彼の枕元《まくらもと》に熱い焙茶《ほうじちゃ》をおき、自分も茶碗《ちゃわん》を掌《てのひら》の上にのせ、横に坐《すわ》った。

「どうでしたの、今日の同窓会は」

「十人ほど、来ていた」

「懐《なつか》しかった、でしょう」

「あとで、二人の友だちと、銀座の酒場《バア》に行った」

それから、あとのことを今から話そうとして彼は口を噤《つぐ》んだ。

「気持ちが少し、悪くなって、便所に行ってね。吐いたよ」

「まア。なにが、あたったんでしょう。お酒を飲みすぎたのね」

「そうじゃない。吐いたのは、血、だ」

口まで運んだ茶碗を手に持ったまま、妻は明石の顔をじっと見た。

「うそ……うそ、でしょう」

「いや、本当だ。胸をやられた」

妻はまだ黙ったまま、彼を凝視していた。しかし、その手がかすかに震えていることがよく、わかった。

「心配するな。今じゃあ、昔とちがって、ストマイやパスのような薬がある」

「どのくらい……寝なくちゃあ、ならないの」

「さあね。半年かな。医者に聞かねばならないだろうが」

「入院ね」

「それも、医者にきいてからだ。明日、早速、病院に行ってくる」

「うちのことは、心配いらないわ」妻は無理矢理に微笑しようとしながら、言った。

「半年でも、一年でもいいから、徹底的に体を治して下さい。子供のこととあなたの看病はあたしが引きうけるから」

それはまるで、夫にというよりは自分に言いきかせているような口調だった。

「深刻な問題じゃないよ。沢山の人がこの病気になって、治ってんだから」

「そうね。あなたも、学生時代の夏休みがきたと思えば、いいわけね」

「まあ、そう言ったところだ。さあ、寝ようか」

闇《やみ》の中で、夫婦はしばらく、ぼんやりと眼をあけていた。犬小屋で犬が鎖をきしらせる音がきこえた。

II

「うしろを向いて、……はい。息を吸って」

医者のあてる聴診器の先が背中を這《は》いまわり、一点を強く押すたびに、明石の体はピクリと震えた。

「寒い、ですか」

医者は手を動かすのをやめ、わざと窓の一点に眼をむけて、とぼけたように訊《たず》ねた。

「いや」

それからまた、聴診器が動き、

「息を吸って……吐いて、もう一度」

廻転椅子《いす》がいやな音をたてて軋《きし》んだ。こちらに背をむけた看護婦がメスやピペットを棚に入れている。その音が、部屋の空気を鋭い刃物でひっかいているようだ。

「はい。シャツを着て下さい。説明をしましょう」

その医者は蒼黒いむくんだ顔をしていた。毛のはえた手をのばし写真台のスイッチをひねる。額ぶちにはめられたようにレントゲン写真の黒い影像が浮びあがった。

「レントゲンというのは、結局、物の影しかうつさないのでねえ。熟練した医者でもよく間違うもんなんですが」

そう呟《つぶや》きながら、彼は鉛筆の先で、写真の一点をさし示した。

「しかし、これだけは見まちがうことはまず、ありませんな。……あきらかに、病巣《びょうそう》です」

その一点は吸取紙につけた染みのように灰色にぼやけて、うつっていた。それは親指ほどの大きさだった。

(これが、俺の病巣なのか）明石はシャツの中に身を縮めながら、ぼんやりと考えた。

(ここから、あの血が出たのか）

「それが治るまで、どのくらい、かかるのですか」

「さあねえ」医者は唇のあたりに困ったようなうす笑いを浮べて「一年か、一年半でしょうな」

「入院をせねばならぬのですか」

「したほうが……良いでしょうねえ。手術ということも考えられるし……」

「手術？」

「場合によっては手術をせねばならんでしょうからな。今は、何とも言えんが……」

看護婦はまだうしろ向きで、メスやピペットを棚に並べている。まるでわざとゆっくり仕事をしながら、二人の会話を聞いて楽しんでいるみたいだ。人の不幸を耳にするのは、どんな女にとっても楽しい。廊下のほうから赤坊《あかんぼう》の泣声がきこえた。

「どうします」医者は鉛筆でコツコツ机をたたきながら言った。「入院手続きをしますか。内科療法だけですむなら入院したって、どうと言うことはないが、それでも療養の方法が憶《おぼ》えられるんでねえ。まあ、人生に、一年か一年半ぐらい、休暇があってもいいでしょう。気長に、のんびりと療養なさるんですな」

医者は最後の言葉をまるで暗記した台詞《せりふ》のように呟いた。おそらく、彼は今日までこの言葉を明石と同じような患者に繰りかえし言ったにちがいない。

「入院日は、こちらの事務室から、連絡しますからね。まあ、それまで御自宅で寝て下さい」

明石は籠《かご》に入れた上衣《うわぎ》をとって廊下に出た。

さっきと同じようにその廊下には、診察を待つ人々が十姉妹《じゅうしまつ》のように並んでいる。

彼等は車椅子に乗った病人が看護婦につきそわれながら通りすぎるたびに不安そうな眼で、その姿を見送った。

明石は彼等のなかにしょんぼりとうつむいている妻の姿を見つけ、

「終ったよ」

わざと元気よく微笑をつくった。

「どうでしたの」

「まあ、ここを出よう。どこかで腰かけながら、ゆっくりと話そう」

駅の待合室のように雑踏した薬局の前を通りぬけ、建物の外に出ると、うすい陽が明石の額にあたった。ここもひっきりなしにタクシーが次々と人々を運んでくる。

「こう病院にくると、人間の病気というものがどんなに多いか、よくわかるねえ」

「それより、どうでしたの」

黙ったまま、明石は芝生の上のベンチに腰かけた。

「一年か……、一年半は入院しなくちゃならないと、言われた」

「一年半ねえ」

妻は下をむいて左手の上に右手を重ね、指を一本一本丁寧にゆっくりと折りまげた。なにかを考えこむ時、そんな仕草をするのが妻の癖だった。

「しかし、長い人生だ。一年か一年半の休息期間があったと思えばいいじゃないか」

明石はそう妻を慰めて、これがさっき医者の言った言葉と同じなのに気がつき、寂しく笑った。

「どうしても、入院をしなければ、いけませんの」

(手術を受けるかもしれないのでね)と彼は言いかけて口を噤んだ。今、妻にこれ以上の衝撃を与えることは慎まねばならなかった。やがては、彼女にもわかることだろうが今は黙っておきたかった。

「兎《と》に角《かく》、二人で思案していても仕方がないよ。こういう時は感情を出来るだけ事務的に整理したほうがいい。俺も俺で一生懸命、治療するし一日でも早く、恢復《かいふく》するつもりだ」

彼はベンチから立ちあがって、陽の光のあたる構内の道を門にむかって歩きだした。そのうしろから、妻は少しうなだれながら、ついてきた。ふりむくと、病棟の白い建物が幾層にも並んで午前中の陽をうけていた。とじた窓もあれば、カーテンを少しあけた窓もあった。寝巻姿の患者がよりかかってこちらを眺めている窓もあった。

(俺も……あの窓の中で生活するわけだな)

しかしそこでくり展《ひろ》げられる生活がどのようなものか、今まで病院生活というものを一度も味わったことのない彼には見当もつかなかった。それは雨の日に、向うだけがうすら陽のあたっている遠い丘陵に眼をやり、その風景を想像するような哀《かな》しさと頼りなさとがあった。

「一年間、俺が出張にでも行ったと思って、辛抱してくれないか」

「そんなに」妻は無理矢理に笑ってみせた。「気を使わなくてもいいのよ。あたしたちのほうは大丈夫。ちゃんとしますから」

「昨日の同窓会でね、……気づいたんだが、……俺を除いた全部がみな兵隊に行っているね。みんな命がけで死線を彷徊《ほうかい》したわけだし……戦場に行かなかった者だって人生のうち、貴重な二年や三年を兵営でつぶしている。それなのに俺さまだけが、あの時、入営もせずにのうのうと生きていたろ。こいつは変な話だがいつも心の中で一種のコンプレックスを作っていたんだよ。だから今度の入院によってね、やっと皆と同じ経験を多少とも味わえるような気がして、むしろ嬉《うれ》しくてならんのさ」

彼は冗談を言うような口調で妻に説明した。

「だから、考えようによっては、これから一年間は、こっちには、有難いことだよ。退院した時は、きっとこの性根も変っているかもしれんぜ」

「なら、わたしも期待しているわ。退院の時は、もう少し男らしい男になっていて下さい」

二人は笑いながら、病院の門を出た。看護婦に支えられながら、松葉杖《まつばづえ》をついた患者が足を曳《ひきず》り、曳り、横を通りすぎた。通りすぎながら、彼はちらっと夫婦を眺めたが、その眼に病人が健康人をみる一種の羨望《せんぼう》が光った。おそらく、彼には明石夫婦が誰かを見舞いにきた幸福な人種と見えたにちがいなかった。

（俺も……）明石は心のなかで（あんたたちの仲間ですよ。本当に……）


入院の日。

夕暮、彼は妻とタクシーで陽の翳《かげ》った病棟の入口に乗りつけた。小使が彼のトランクを受け取り、運搬車《ストレッチャー》の上にのせて、

「さあ、行きやしょう」

誰もいない木の廊下を押していった。午前中はあんなに雑踏していたこの廊下は今、こんなに空虚《うつろ》で静まりかえっているのが、明石の胸をきゅっとしめつける。よごれた窓からほこりをふくんだ弱い夕陽が流れ、左側の病室にじっと化石のように横になったまま、動かない三、四人の患者の姿が少し開いた扉の間から見えた。

「三階ですよ」小使は運搬車を軋ませながら「端っこに看護婦室がありますからね、

そこで病室を聞いて下さい。この運搬車はガタがきてるんだ」

夫婦は少しおどおどしながら、自動昇降機に乗った。エレベーターの中には垢《あか》の臭《におい》や沢庵《たくあん》の臭がこもっていた。おそらく地下に厨房《ちゅうぼう》があって、そこからこのエレベーターに乗せて患者の食物を運ぶにちがいないと、明石はぼんやり考えた。

「洗面道具は入れてくれた？」

「トランクの中にありますわ」

「スリッパは」

「ここの売店で、あとで買って持って行きます」

昇降機が三階にとまり、扉が鈍い音をたててひとりでに開くと、丹前を着た男の患者が薬瓶を手に持ちながら、扉の前に立っていた。明石をその男は鳥の眼のような眼でじっと見つめた。

看護婦室に妻が挨拶《あいさつ》にいっている間、明石は夕陽の光がおちる廊下を、パタパタスリッパの音をたてて歩いていく男の背中をぼんやり眺めていた。その背中には病院に住みなれた者の妙な雰囲気があった。彼は病室の戸を足であけて、姿を消してしまった。

「明石さんですね」

主任らしい眼鏡をかけた看護婦が両手を前に組みあわせながら看護婦室からあらわれると、

「お荷物はそれだけですか」

「ええ」

「結構ですわ。何もかも持ちこまれる患者さんがいらっしゃいますが、大部屋じゃ、隣の方に御迷惑になりますからねえ。それから明石さんの御希望の個室は全部ふさがっているので、空《あ》くまで大部屋にいて下さいな」

妻はふくらんだトランクを重そうにぶらさげながら、二人のあとをついてきた。彼は手伝ってやりたかったが、医者から重いものを持たぬようにと言われた言葉を思いだして、辛《つら》そうな彼女のうしろ姿をふりかえり、ふりかえり歩いた。

「ここですよ」

さっき、鳥のような眼をした男が入った部屋の戸を看護婦はあけた。六つのベッドが三つずつ、向きあって並び、弱々しい陽のあたる部屋の中に、丹前を着た男たちが横になったり、腰かけたりしていたが一斉にこちらをむいた。

「このベッドが」

看護婦は一番、すみの寝台を指さした。

いな」

「あなたのですよ。この物入れ台の中に食器やお箸《はし》を入れて下さい。それから、お便所はね、この廊下の奥です。何かわからなかったらね、同室の患者さんに訊《き》いて下さいな」

そして彼女は具合をたしかめるように、掌《てのひら》で毛布とシーツとを引いてある寝台をトントンと叩《たた》いた。ここは病院側が寝具を支給して患者が自分の布団《ふとん》を持ちこむ必要はなかった。

「朝、六時半に検温があります。これが朝の日課の始りです。毎日の生活はね、それぞれの安静度によって違いますから、あとで主治医の先生に伺って下さい」

「入浴は？」

「それも先生の御指示できまります。夜は九時に消燈《しょうとう》です。わかりましたか」

明石が黙っていると、看護婦は、

「わかりましたか」

もう一度、念を押した。

「わかりました」

彼女が立ち去ったあと、妻と明石とは、少し顔を強張《こわば》らせて、こちらをそっと見ている五人の患者たちに頭をさげた。

「お世話になります」

それは、昔、明石が転校した小学校で最初の日、みしらぬ子供たちの前に立たされて先生から紹介された時の、感情をふいに思いださせた。

「つまらぬものですが……皆さんで食べて下さい」

妻から受けとったビスケットの鑵《かん》を彼は隣の寝台に寝ている患者に持っていった。

この人は恥《はずか》しそうに口の中で礼の言葉を呟くと、じっとしていた。

トランクをあけて、箸箱や湯呑茶碗《ゆのみぢゃわん》を夫婦はそっと寝台の横の小さな物入れ台の中にしまった。

「スリッパ、買ってくるわ」妻は小声で言った。「あなたは寝巻に着かえて下さい」

明石は子供のように心細かった。できるならば妻にいつまでもここにいてもらいたかった。

（しかし、俺が昔もし入営していたら、始めての日の心細さはとてもこんなものではなかったろうな）

あれは学徒出陣という布告が政府から出された頃だった。毎夜のように彼の友だちが一人ずつ、日章旗を肩から背にしばって、仲間たちに送られながら東京駅を出ていく。その時、肩をくみあわせ手を拍《う》ちながら校歌を合唱している友人の顔に突然、どうにもならぬ孤独の表情がかすめることがあり、明石は今日にいたるまで、そのせつない表情をはっきり思いだすことができる。

（俺は遂《つい》にあの寂しさを味わわなかった）彼は洋服をたたみ、パジャマに着かえながら考えた。（今日からが……いわば、あの時の俺の償いみたいなものだな）

二人の男が寝台の上に折たたみ式の碁盤をおいて石をうちはじめた。もう二人の患者が横にたって黙ってそれを見おろしている。さっき、明石からビスケットの鑵をうけとった患者は毛布をあごのそばにずりあげたまま、眼をつむっている。

妻がスリッパを買って戻ってきた。それはどこにでも売っている皮製のスリッパだった。彼女はそれをきちんと、寝台の下にそろえると、

「もう、やって、おくことはないかしら」

「何もないさ」明石は横になったまま首をふった。「暗くならないうちに、帰りたまえ。子供が寂しがるから」

「そうねえ」

しかし妻はまだ寝台の下にしゃがみこんだまま立ちあがろうとしなかった。

「俺はもう大丈夫だよ」

明石は苦笑しながら、起きあがった。

「門のところまで送っていこう」

「安静を命ぜられてるんじゃないの。勝手に出歩いちゃあ、駄目なのよ。じゃあ。あたし帰るわ。明日また、来ますから」

やっと決心したように彼女は立って、もう一度、枕《まくら》の位置や少しずり落ちかかった毛布をなおしたりした。

「失礼いたします」

部屋のみなに挨拶をして妻は廊下に消えていった。

妻とすれ違いに若い医者がやってきた。

「木島といいます。あなたの主治医になります」

彼は微笑しながら、型通りの診察をすませ、それから小さなメスを使って明石の耳を少し切り、採血した血を小さな硝子《ガラス》板につけた。血球の数を調べるためである。

「明日、検尿をしておいて下さい」

そう看護婦に命じると、聴診器をぶらぶらさせながら部屋を出ていった。

夕食が運ばれてきた。アルミの盆に粗末な食器がのっている。盛りきりの飯と小さな煮魚とケンチン汁とである。たべねばならぬと思いながら箸を動したが、明石には食欲はなかった。

半分も手をつけぬまま、彼は盆を廊下においてある運搬車に戻しておいた。それからはもうすることがなかった。書物もラジオもまだ持ってきてなかったから彼はただ、ぼんやりと窓の外を見ていた。真黒な夜が窓をすっかり浸している。

「ラジオをかしてあげましょうか」

隣の男が彼に声をかけてくれた。その人は明石たちがエレベーターをおりた時、薬瓶をもったまま、廊下に立ちどまっていた人だった。

「いや、あなたが聞いていらっしゃるのに……」

明石が辞退すると、

「かまいませんよ、病院に最初にはいった夜はひどく気が滅入《めい》るでしょう。ぼくらはもう馴《な》れていますから、これでも聞いて気分をまぎらわせて下さい」

「ここに、もうお長いんですか」

「一年です。手術を待っているんです。ぼくはね、両肺に病巣《びょうそう》があるんで、薬でどちらかを固めておかないと駄目だったんです。あなたは片側だけ、やられたんですか」

「さあ」明石はよくわからないままに「右のこのあたりに空洞ができていると言われました」

「じゃあ、片側だ。手術しやすいな」

寝台にはそれぞれ患者の名前を書いた名札がぶらさげてある。明石はその名札でこの人が本間という人だと知った。

本間さんのトランジスターラジオをかりて、彼は小さなダイヤルをまわした。長い間、彼はラジオなどというものを聞いたことはなかった。クイズや流行歌が次々と掌にのるほどの小さな金属の箱から流れてくる。正直いって明石はこういうものに興味を一向に感じたことはない。いかにも楽しそうにしゃべっている司会者やそれにつられて笑っている声は、まるで今、彼が閉じこめられているこの病院という世界から遠い遠いものの存在のように思われた。

(ここで、俺はどう変るだろうな)

ぼんやりと、流れてくるラジオの音を耳にしながら彼はそんなことを考えた。ほんの一週間前、自分はこの音の流れてくる世間で生きていた。あの同窓会のあった夜、今井につれられて出かけた酒場での光景が不意に心に甦《よみがえ》ってきた。白い咽喉《のど》ぼとけを小刻みにうごかしながら酒を飲んでいた娘。その娘の肩に手を廻しながら精力的な顔で軍隊生活の思い出を語っていた今井。

あの酒場では今夜も、今井のような男たちが会社の帰り、たち寄って酒を飲んでいるだろう。女たちは彼等のまわりで、わざと笑ったり、はしゃいだりしてみせているだろう。

(ああいう世界もあったのだ)

たった一週間前に自分がそこで生活したのに今はそれが、一度も足をふみ入れたことのない場所にさえ思われてくる。少くとも今日からは自分はそういう世間から断絶した場所で生きるわけだ。

やがて廊下でバタバタとスリッパの音が交錯しはじめた。

「何かあるのですか」

「いや」週刊誌を読んでいた本間さんは笑いながら首をふった。「もう消燈の時間ですからね。みな、用足しに行くのです」

その音がしばらくしてやむと、今まで碁をうっていた隅の二人が碁石をしまいはじめた。

「ああ」とその一人があくびをしながら言った。「今日、一日も終ったか」

「昨日も今日も、もう、俺には区別がつかなくなったよ」

「土曜も日曜も俺たちには、ないのと同じだからな」

彼等が毛布をたたみなおし、つれだって便所に出かけると、入れ違いに看護婦が扉

から首を入れて、

「電気を消しますよ」

それから明石のほうをチラッとみて、

「始めての夜で……もしなかなか眠れないようだったら、軽い眠り薬をあげますから」

電気が消えて、大部屋の中は真暗になった。軽い咳《せき》ばらいが本間さんの寝台から聞えた。

「今日は何日だったかな」

と誰かが闇《やみ》の中で言うと、別の声が答えた。

「二十一日。どうしたの」

「いや。もし娑婆《しゃば》にいたら今日は月給日だったからねえ。月給日の帰りには必ず、飲んだもんだ」

「思いだすなあ。しかし八丁さんはやがて退院だから、また、あの楽しみを味わえますよ」

「いや、駄目だ。俺は本当いうと、もう娑婆で昔のように働けるという自信さえないんだ。変な話だけど、こう病院生活が長いと、病院の外のものが全《すべ》て、こわくてならないんだよ」

「本当だなあ。ぼくはね。近頃散歩の時だって、門の外に出るのも不安になってきましたよ。車やバスのめまぐるしい動きにぶつかっただけで、あんな中で毎日、生きるのかと思うとゾッとしてね。本当に昔の強さが自分にはなくなったような気がするなあ」

この会話を明石も他の患者も黙って聞いていた。長い病院生活をすると、患者には少しずつ生活の闘志と気力がなくなるとは何処《どこ》かで読んだことがあったが、今、現実に二人のそんな会話を耳にすると、急に不安になってくる。

（一体、ここで俺はどう変るんだろう）

この一年なり一年半なりの入院生活が自分を何らかの形で変化させるのは確実である。だが大事なことは自分が何かをここから学んで退院していくことだ。しかし、その何かが、今まだ予想もつかぬから、明石はそれだけに不安なのである。

「さあ、寝るか」

八丁さんと呼ばれた人はもう一度、大きなあくびをすると、寝がえりをうった。

ひろい病院の中が、夜、こんなに静かなものだとは明石はかつて知らなかった。これだけの沢山の人々が住んでいるのに、建物全体が彼がかつて知らなかった静寂に支配されている。

その静かさは、たんなる静かさではない。なにか孤独なものの、重くるしいものの静寂だった。明石は眼をつむって、今、駒場《こまば》の家で妻が何をしているだろうかと思った。子供はとっくに寝てしまったろう。

妻が今、一人ぽっちで考えていることはもちろん、明石のことやこれからの生活に違いなかった。彼には指を組みあわせて、それを動しながら物思いにふけっている彼女の姿が眼にみえるようだった。その時、彼はたまらなく妻にたいする憐憫《れんびん》の情を感じた。

明石はまた自分のことと今日までの人生のことを考えた。四十に近くなるまで自分は世間では目だたぬ、平凡な人間だった。世間にそれほど役にも立たねば、世間にそれほど迷惑をかけたことのない男だった。そして彼の性格は普通のありきたりの男性たちとそれほど違わなかった。格別、倖《しあわ》せな過去を持ってもいなかったが、さりとて、特に不幸でもなかったように思う。

（なんとか、しなければ、いけないな）

闇の中で彼はひとりごちた。しかし、その、なんとか、しなければ、ならぬという言葉に明石は思わず苦笑する、言うはやさしく、本当に生きるのはむつかしかった。

彼は今日までの自分の人生が結局何も意味のなかったことを何時《いつ》も考えていた。しかし、それにどういう意味をどういう方法で与えたらよいというのだろう。

（ひょっとすると、この入院生活で、俺はその意味が摑《つか》めるかもしれない）

真夜中、あさい眠りから彼はかすかな物音に眼をさました。

部屋の人たちは、みな軽い寝息をたてて眠っていた。

その音はなにか、五、六人の人間が集って小声で囁《ささや》きあっているようだった。それに女のすすり泣きのような声がまじった。それからバタバタと誰かが廊下を駆けていく音が遠くでひびいた。

若い医者がなにかを指図しているようである。やがて、突然、物音が急に吸いこまれたように消えると、病棟はふたたび、あの静寂に戻った。

本間さんがいつの間にか目をさましたのか身をうごかし、マッチをすった。マッチの炎が彼の顔を照らしている。物入れ台の引き出しから煙草《たばこ》を出し、一本、火をつけているのだ。

「もし、もし」

明石が小さく声をかけると、

「起きてたんですか。煙草を喫《す》いませんか」

「しかし、喫煙は禁じられてるんでしょう」

「でも、やめられませんよ。今なら見つかりませんからね。看護婦たちが忙しいから。物音をきいたでしょう。夜勤の連中たちが走っていったのを」

「ええ……あれは何ですか……」

「あれ……」

闇の中で本間さんのすう煙草の火口が赤く光り、消えた。

「あれ……死んだんですよ」

「死んだって、誰が」

「この奥の癌《がん》の人でしょうね。一昨日ぐらいから昏睡《こんすい》状態になったという話でしたから」

「だれかが死ぬことなんか……よく、あるんですか」

「当り前でしょう」本間さんは小声でクックッと笑った。「ここは病院ですよ。長い入院生活じゃ、もう、あんなことには馴れっこになってしまいました」

明石は黙ったまま、廊下の気配に聞き耳をたてていた。彼はその時、戦争中、空襲の翌朝、まだ余煙の中に死体のころがっている渋谷から青山の坂路《さかみち》を歩いたことを思いだした。あの時は他人の死は彼にそれほど衝撃を与えなかった。それは毎日、毎日が死の臭《におい》のするような時代だったから誰もが死に無神経になっていたのだ。

「なあに」本間さんは慰めるように言った。「馴れますよ。始めは色々、神経にこたえることがあるけど、人間なんて妙なもんですね。どんなことにも馴れるんじゃないでしょうか」

「馴れる？」

「ええ。どんな苦痛にさえも。やがて、明石さんにもわかりますよ」

それから彼は煙草の火口を何かに押しつけて、もみ消した。

「もうすぐ、担送車の音が聞える筈《はず》です。死んだ人をそれに載せて、看護婦が霊安室に運ぶんです。家族たちがそのあとをついて行く跫音《あしおと》がしますからね。でもねえ、病院じゃ、死なんて、事務的にしか取扱われないんだから。明日の朝にでもなれば、あの人の病室を掃除のおばさんが流行歌でも歌って、消毒をするんですよ。午後から何も知らぬ新しい患者がそこに入ってくる。そういうのが始めは、ぼくにも随分、こたえたけど」

本間さんがかすかな寝息をやがてたてはじめた頃、かすかに軋《きし》んだような車の音が廊下の遠くからひびいてきた。そしてそのあとから入り乱れた人々の跫音が通りすぎていった。さっき死んだ人の死体が今、霊安室に運ばれていくのだろう。

明石はその時、自分もいつか、ああいう形で死ぬんだな、と思った。昔から病弱な彼は自分が何歳ぐらいで死ぬかと考えたことはあったが、何処で死ぬかとは想像したことはなかったのである。

これはふしぎな思考の盲点のように明石に思えた。人々はたいてい自分が自宅で、家族にかこまれて死ぬものと漠然と空想しているらしい。しかし、その半分は病院というむきだしの壁と沢山の人々がそこで息を引きとった部屋の中で死んでいくのだ。

明石はさっきから自分が「死」のことを既に考えだしたのにふと気づいて苦笑した。それはここが病院という死の臭いの充満する建物であるためだろう。今夜から自分がどういう場所で生活せねばならぬか、彼は始めてわかってきたのだった。

指の間からこぼれる砂のように静かな音をたてて毎日の時間が過ぎていった。

III

月曜日もなかった。火曜日もなかった。土曜も日曜もなかった。

毎日がほとんど規則正しい同じリズムで過ぎ去っていった。

朝六時に看護婦が検温に来る。それが一日の始まりである。洗面、朝食、昼まで医者は顔をみせる日もあるが、姿をあらわさぬ日も多い。扉を押して中に入ってきても、風邪を引いたり、腹痛を起したりした患者に手当をすませると、

「その他の方は……変りありませんな」

そう声をかけるだけだった。

昼食がすんで、一時になると看護婦が部屋のカーテンをしめにくる。午後三時までの安静時間が始まるのだ。この間はどんな患者も固い沈黙をまもり、ベッドの上に身

動きせず横臥《おうが》せねばならない。病棟中を静寂が支配するのはこの時刻だ。安静が終ると、晩飯までは自由時間である。軽症の者は病院の庭を散歩することもできる。寝台に寝ている者はラジオをきいたり、テレビを見たり、見舞客と小声で話をする。

外の者から見れば気楽なこういう生活が、毎日毎日それを繰りかえさねばならぬ患者には実は苦痛なことが明石に少しずつわかってきた。患者たちは休息しているのではない。外見、無為に休息する方法によって闘っているのだった。病気と自分と自分の未来とに闘っているのだった。単調な毎日の繰りかえしを半年も一年も二年も続けるためには我儘《わがまま》や身勝手は決して許されない。自分に勝たねばならない。未来にたいする不安はどの患者の心にもあった。治ったとしても、人並み以下の体力で社会生活にどこまで耐えられるかという不安や、長い療養生活における失職の不安である。

明石も入院してから一カ月のあいだは見舞客との面会も散歩も許されなかった。廊下を歩くことも入浴の許可も出なかった。喀血《かっけつ》後の不安定な体を一応、多少の動きに耐えるまで絶対安静においたほうがいいと医者が判断したからである。

一週間や十日はこの絶対安静はまだ我慢できた。しかし二週間をすぎる頃から、彼は退屈と無聊《ぶりよう》とでたまらなくなってきた。

彼が動くことができるのは、寝台の上だけだったから、天井の染《し》みも少し離れた窓から見える空や樹木の形もみんな暗記してしまったくらいだった。

「どうにも、やりきれんね」

一日おきに見舞に来る妻だけに彼はそっと不平を洩《も》らした。

細君はその不平をきいた翌日、彼の枕元《まくらもと》に一冊の本を持ってきた。それは「戦没学生の手記」という有名な本で、戦争で死んだ出陣学生たちの遺稿を集めたものだった。

彼女がなぜそんな本を持ってきたか、明石にはすぐわかった。

「俺はね、自分だけがあの戦争の間に娑婆で暮していたというコンプレックスがあるんだよ。それが今度の病気で戦死した人たちに幾分でも申訳けが立つような気がして」

入院がきまった日、明石はたしかにそんなことを細君に言った筈だった。その舌の根も乾かぬうちに、もう不平を洩らしていることを彼女はそれとなく、たしなめたに違いなかった。

(こんな薄弱な意志でどうする)

彼はその本の表紙を見ながら、自分自身を叱《しか》りつけた。この本の中で遺書を発表した死者は今、彼が送っている病院生活などよりはもっと苛酷《かこく》な兵営生活、もっと辛《つら》い日常に毎日毎日、曝《さ》らされて生きたにちがいなかった。

(なにもかも、始めから叩《たた》きなおさねばならんな。縦からみても横からみても全くダメな人間だ。俺は……)

しかし、明石には寝床でじっとしているより、今のところ自分を叩きなおす方法を見つけられなかった。

だが、ある日、安静時間の時——大部屋の中では明石を除く他の患者たちはみな、軽い寝息をたてて昼寝をしていた。

彼は眼をさまし、首すじのあたりの汗をタオルでふきとりながら何気なしに窓に顔をむけた。

その時、眼に、六月の風が流れるのがはっきりと見えた。病院の中庭にはえている大きな一本の樹木の(明石はその樹木の名を知らなかった)葉々が突然いっせいに風にめくられて白く光った。それはまるで六月の海に無数の波頭がおどって光っているようだった。娘たちがうすいヴェイルをひるがえしながらおどっているようだった。一枚、一枚の葉には生命がこもり、風がその生命に応《こた》えて唄《うた》を歌っているようだった。

明石は飽かず、長い間、その風を見つめた。風が見える。爽《さわ》やかな風が眼にしみる。

(何年、こんなことに注意しなかっただろうか)

病気をするまでの自分の多忙な生活の中で、こうした樹木と葉と風との微妙な協奏曲も一度も眺めたことがないのに明石は気がついた。いや、眼にふれなかった筈はない。眼にふれただろうが、彼はとるに足らぬものとして注意も払わず、そのまま、意識の上にものぼせなかったのだ。風が葉を動かしている、ただ、それだけのこととしてしか、考えなかったにちがいない。

朝、家を出る。電車に乗る。会社に行く。関係先の人と商談をする。そのまま退社することもあれば宴会がある夜は遅くなって帰宅する。毎日、毎日がそういう生活で、生活とはそういうものだと何時の間にか考えていたのだ。

しかし今、風が見えた。泡だつ波のように白く光る葉々が彼に六月のまぶしい海を思わせる風が見えた。

(この感じを……何処《どこ》かに持ったことがある)

彼は光る木の葉から引き起された六月の海の感じを舌の中で味った。パセリのような爽やかな味。

(あれは、六月の終りだったな)

それは幼年時代の思い出だった。彼は大きな姉につれられて郊外電車にのり、まだ人影の少い海に行ったことがある。はじめて泳ぎをおぼえた日だ。

姉と彼とは海からあがり、浜辺に寝ころんだ。姉は水にぬれた髪を手で持ちあげながら黒い大きな目がじっと空を見つめていた。黒い水泳着の中でうつ姉の胸がふくらんだり、縮んだりしていた。

「ごらん」

姉は片手で砂の中に埋っている紅色の貝をとり出して彼に渡した。

「耳にあててごらん。誰かがお話している声がきこえるから」

言われた通り、彼はその真珠母色《ママ》に光る貝の内側を耳にあてた。本当に遠くから、遠い世界から彼によびかけるような音が耳の奥に伝わってきた。

「きこえるでしょう」

「きこえる」

「大事にとっておくといいわ」姉は白い歯を見せて笑いながら言った。「童話の中に出てくるお城のような色をしているじゃないの」

それから彼女は砂を蹴《け》ると、海の方に走っていった。

ながい間、彼はその貝を自分の宝箱の中にしまっていた。時々、とり出してそれを眺め、まだ見たことのない西洋の城をそのほのかな紅色の光沢から想《おも》いうかべた。そして耳にそっとあてて、あの声をきいた。遠い世界から彼に呼びかける声を……。

こういう幼年期の思い出は誰でも持っているのだろうが、それが三十年に渡って意識の奥にずっと埋れていたことに彼は始めて気がついた。ふしぎなことには、この貝からの思い出を今日まで彼は一度も心に甦《よみがえ》らせたことはなかったのである。それが風に吹かれた葉の光でよびさまされたのだ。

みんなが、かすかな寝息を立てている安静時間の病室の中で、明石は、今日までの自分の生活が少しずつ今、崩れていくのを感じた。

今日まで彼は路を歩いていても、周りの風景にほとんど注意を払ったことはなかった。会社の帰り、家々の間の空に浮ぶ夕焼の空や紅色の雲をみても、それをただ、美しいと思うだけだった。奇麗だ。絵のようだ。そう感じても、多忙な生活の観念がそういう感覚をすぐ追い払ってしまった。彼はただ美しいと思うだけで、もうそれ以上、夕焼雲や空に注意を払おうとしたことはない。

路を歩いていても、周囲の建物や樹木と彼とはいつも無関係な立場にいた。街の煤《ばい》煙《えん》でうすよごれた街路樹は、彼には何も囁《ささや》いてはこなかったし、街をながれる河の流れも彼にはただ、河がそこにあるという以上の意味を持っていなかった。樹《き》がそこにある。風がそこを吹いている。河が流れている。それだけの一瞬一瞬の感覚で明石はすべての事物を眺めていた。

しかし、たった今、彼は中庭の樹木に吹く風が自分に、三十数年、忘れていた思い出を甦らせてくれたその事実に——一種の感動に似たものを感じていた。子供の頃、彼にとって砂浜から拾った一個の貝がらが、毎日の生活のなかで大きな意味を持っていたああいう新鮮な眼を自分は長い間、失っていたのだと思った。

夕方ちかく、見舞にきた妻に、明石はこの挿話を話そうとしたが、彼のための夕食を持ってきてくれた忙しそうな彼女にそんなくだらないことを言うのが悪いような気がして黙っていた。しかし、

「今日は、退屈だった?」

と妻がたずねた時、彼は微笑して首をふった。

一週間もたつと彼はやっとこの部屋の人たちに親しみをもって話しかけられるようになった。

右隣の寝台に寝ている本間さんはB化粧品会社のセールス・マンをしていた人だ。同じ化粧品を詰めた箱をもって一軒、一軒、色々な家やアパートを歩く仕事である。同じ

会社の女子社員と恋愛をして、結婚に踏みきろうかと思っていた矢先に発病した。会社の検診で始めて自分が病気になったのがわかったのだと言う。

その隣りの井口さんはタクシーの運転手をやっていた。毎夜、遅くまで車を走らせていると非常にくたびれる。そのくたびれが幾日休んでもとれなくなってしまった。肩のあたりから背中にかけて、鈍痛も感ずるようになった。風邪だと思って近所の医者にいき、はじめてレントゲン写真をとって、わかったのだ。

開沢君は、まだ大学生である。自分が胸をやられるなんて一度も考えたことはなかったと言う。それが試験勉強で徹夜の続いたある日、急に眩暈《めまい》を感じた。熱をはかってみると八度をこえている。これが病気の始りだったのだ。

田村さんは開沢君の隣に寝ている。仕事は今、ない。映画のエキストラもやったし、インチキな広告社にも勤めたと言う。彼の場合は自覚症状なんて全くなかったのである。どこも痛くもなければ、熱もない。咳《せき》もけだるさもない。それなのにある日、突然、明石と同じように喀血したのだそうだ。

一人一人の発病までの話をきくと、明石は病気というものが、まるでちがった人間や人生のように、それぞれ別の形で襲ってくるのがよくわかった。

「ぼくなんか」開沢君は今だに腑《ふ》に落ちぬような顔をして言う。「こんな病気なんか、他人がかかっても、自分には一生無縁なものだと思ってたんだが……」

するとし、他の三人も、本当だね、俺はそう思っていたよと言う。

「医者の話によると、日本じゃ千人に一人の発病率だと言うじゃないですか。つまり、千分の一の確率ですよ。どんなにむつかしい会社の入社試験でも五十人に一人ぐらいでしょう。東大の入学試験だって七人に一人の率だ。そういうのには、めぐりあえなくて、こう言う貧乏くじだけは千分の一の確率でも引いちゃったんだから」

開沢君が口惜しそうに呟《つぶや》くと、これにもみんなは心の底から同感するのだった。

こうして違った職業の人たちと寝起きを共にするのは、軍隊生活の経験のない明石にはもちろん、始めてだった。夜、消燈《しょうとう》時間になり看護婦が電気を消してしまうと、みんなは寝つくまで、色々な話をする。自分の子供の話をする時もあれば、今までの仕事の思い出を語りあう時もある。

「自動車なんてまあ、生きもんじゃあないけど」とタクシーの運転手をやっていた井口さんがそんなある夜、話をはじめた。「しかしねえ、真夜中、寝しずまった町の中を毎晩、乗りまわしていくうちに、段々、自分の車が一緒に働いている友だちみたいな気がしてくるもんだよ。妙なもんだね。あれは。俺はねえ、五年ほど前に俺は景気が一寸《ちょっと》よかったんだ。そこで貯金してポンコツ同様のオースチンを五万円で一台もったのさ。それはもう、ガタのきている車だったけど、俺は自分で修繕して、家族を乗せてやってたがね。坂道なんか、登る時、この車は、まるで喘《あえ》ぐようにハアハア言うんだよ。そんな時、この車は年とって、体力も弱っているのに一生懸命、頑張っているって感じがしてね、ハンドルを動しながらも、なんだか可愛想《かわいそう》になってきちゃったな」

真暗な部屋の中でみんなは黙って、その話に耳を傾けていた。

「でもねえ、四年も使うと、もともと、ポンコツ車だったからもうすっかりだめだ。ガソリン代はくうし、月々の税金は馬鹿《ばか》にならないや。あれほど、調法がっていた女房がこんな車、もっていても仕方がない、と言いだした。神武景気も終って、俺もあまり金を持って帰れなくなったからな。どうせ売ったって二万円にもならないんだがねえ。しかし、いよいよ、売ろうと思った時、俺はイヤあな気がしたよ。古びた体を一生懸命、使って動いたこの車がまるで俺みたいな気がしたんだよ。女房や子供を乗せて坂道をハアハア言いながら登っていくこの車は、まるで家族のために働いている俺とそっくりじゃないか——そんな気持になってきたね。手放す時は妙に辛くて悲しかったなあ」

明石は眼をつぶりながら、この井口さんの話をいい話だと思った。

彼はいつかの安静時間に、自分が考えたことをその時、思いだしたのである。物と人間との結びつきなどと言うことを彼は病気になるまで考えたことはなかった。おそらくそれは彼が、自分の手で物を作ったことが――たとえば粘土をこねて茶碗《ちゃわん》や陶器をこしらえることも、コンクリートで家を建てたこともなかったからにちがいない。前ならば、おそらく一運転手の感傷として聞きすごした井口さんの話が彼の心には今、しみじみと伝わった。

隣室の患者たちも時々、明石たちの部屋に遊びにくる。その中で丹前をだらしなく着て爪楊子《つまようじ》をいつも口にくわえ、両手を帯の中にさしこんで部屋に入ってくる人がいた。この人の名前は古川さんと言った。古川さんは井口さんと仲が良いらしく、時々、布団《ふとん》の上で向きあったまま碁をうっている。

その古川さんがある時、碁石をおきながら急にこんな話をしだした。なぜ彼が急にそんな話をしだしたのか、わからない。

「フィリッピンでね、ぼくたちは東海岸に行けば、助かるって、思っていたもんだから、仲間たちと毎日、ジャングルの中を随分歩きましたよ。方角を見るのはただお陽さんと磁石だけでねえ。その磁石もぼくが一つ持っているきりだった」

明石は寝床の上にじっと横になったまま、ボソボソと呟くようにしゃべっている古川さんの話を聞くともなしに耳にしていた。

「食いものはどうしたい」と井口さんがたずねる。

「野生の芋がこれが命をつないでくれたけど。たまに原住民のいない部落に鶏がいることがあった。でも部落は危いんです。いつ、ゲリラに狙《ねら》われるかわからないんだから」

「ゲリラにやられたこと、あるかい」

「幾度もありましたよ。原住民たちには反日感情が強かったからねえ。一緒に逃げていた戦友の一人が、これに足を射《う》たれて歩けなくなっちゃったんだ」

古川さんは、まるで毎日の天気のことでもするように、低い声で話を続けた。

「それで、どうした」

「みんなで助けながら、つれて行ったんだがね、こっちも食ってないし、自分一人が歩くだけで精一杯だったろう。その男が分隊長に迷惑かけるのは嫌だから、おいていってくれと言うんだ。みんな相談して、どうしても連れて行けないからさ、手榴弾《しゅりゅうだん》を一つ、彼の横においていくことにしたんですよ」

明石は寝がえりをうち、古川さんの顔をじっと見つめた。古川さんは相変らず片手を帯と着物との間に入れ、碁盤をみつめながらボソボソと話を続けている。

「ぼくの番でしたかね。三、三の急所といこう」

「急所はいいが、その男」と井口さんは訊《たず》ねた。「死んだのかい」

「ええ。ぼくたちが三百米《メートル》もいかぬうちにうしろで手榴弾の爆発する音がした。あの時は辛い、イヤな気持がしましたよ」

「そりゃあ、辛かったろうな」

「ええ。当りですよ。井口さん」

廊下で昼食をくばる配膳車《はいぜんしゃ》の音がガラガラとひびいている。千葉さん、体重をはかりますから看護婦室に来て下さいという看護婦の高い声も聞える。

明石は枕《まくら》に顔をあてて、古川さんの、その戦友のことを考えた。フィリッピンにはもちろん行ったことはないから、彼等がゲリラの攻撃をさけながら毎日、歩いたというジャングルの風景は見たことはない。

しかし、明石のとじたまぶたの裏には、さまざまの太い蔦《つた》にからまれた野生の樹々が浮んできた。白銀色に光る強烈な日光が束のようにその樹々の間からこぼれ落ち、地面は強い臭《にお》いのする枯葉で埋っている。手榴弾を一つだけ与えられて、そこに置き去りにされた兵士はその枯葉の上にぼんやり坐《すわ》っている。やがてこの手榴弾で自決せねばならない。

その時のこの追つめられた兵士の心理を明石はまだとても想像することはできない。安っぽい戦争小説なら、きっと孤独と絶望と諦《あきら》めという言葉をかるがるしく使って、いかにもそれらしく書くだろう。安っぽい戦争映画ならきっと彼の脂汗《あぶらあせ》のにじんだ表情や、黒く光る手榴弾をうつし、震える指先をクローズ・アップでみせるだろう。しかし彼の心はそんな安っぽい描写では千分の一分も描けぬもっと深いものがあったに違いない。

明石は兵隊にならなかったし、そのように追いつめられた状況におかれたことはなかったから、この兵士の気持をとても知ることはできぬ。しかし古川さんなら少くとも明石よりはこの兵士の気持はわかるだろう。それなのに、今、彼はその思い出をボソボソと呟きながら碁をうっているのである。あまりに悲惨な思い出なので、古川さんは、あのような話しかたしか、できなかったのだろうか。それともどんな苦しい思い出でも、時間が経《た》つにつれ人間の記憶の中では、平気で他人に話せるほど色あせてしまうのだろうか。そう言えば、十年前の空襲や飢えの記憶は今ではたんなる思い出としか、明石の心に残っていない。

だが、それよりも、明石はこの兵士の死の意味を考えた。無人のジャングルの中で置きざりにされたまま、自決するという悲惨さには何か意味があるのだろうか。

もちろん、明石にはその答えができる筈《はず》はなかった。

「あの時のことを考えるとねえ」

古川さんは碁石をパチリとおきながら、まだ話をしている。

「ぞっとするですよ。よくまあ、自分は助ったと思うなあ」

「助ったかわりに、あんた、病気になったじゃないか」

「そりゃまあ、そうだけど、万事がうまくいくことはできんですからなあ」

ここに入院してくる一人一人に色々な運命があることを明石は今更のようにしみじみと感じる。

ある日、彼は便所に行った帰りに、階段の窓から外を眺めた。その窓からは病院の中庭と一緒に玄関が見えた。

蟻《あり》のように人々がその玄関から出たり入ったりしている。明石はその人々を見おろしながら彼等の一人一人に、自分や古川さんや井口さんと同じような人生がまつわりついているのをはっきりと感じた。

「あのね」

ある日、横で洗濯物を風呂敷《ふろしき》に包んでいた妻が思いだしたように言った。

「可愛想な子供が三階にいるわよ」

妻は今日、病院の階段をはあはあ言いながら登ってきた。

すると一人の七、八歳になる子供が、上から紙飛行機をとばしていた。真赤な頰をふくらませ、彼は、下からのぼってくる妻にその飛行機がぶつかるように放り投げたのである。

紙飛行機は円をえがきながら、彼女の足もとに落ちてきた。

「これ、坊やのでしょう」

妻はひろいあげて、菓子かジャムのあとを口のあたりにつけている子供に話しかけた。

「ここで遊んじゃあ、危いわよ。落っこったらイタイイタですよ」

その時、うしろから、

「すみません。面倒みて頂いて」

白いエプロンをかけた付添婦らしいおばさんが声をかけてきた。

「荘ちゃん。さあ、部屋に戻りましょう」

紙飛行機をもったまま、子供はスリッパの音をパタパタいわせて走っていった。

「可愛《かわ》いいお子さんですね」

「それがあなた」付添婦のおばさんは頼まれもしないのに妻に、

「可愛想なお子さんですよ」

「可愛想な。そんなにお悪いの？」

「あの子は、生れた時から肛門《こうもん》がないんですよ。だから四年に一度は入院して人工肛門を作り変えなくちゃあ、ならないんですよ」

「ほんと？」

「ええ。何も知らないから、今は元気そうに遊んでいますがねえ。お医者さまは二十歳まで生きられるか、どうか、と言っていられましたよ」

付添のおばさんはそこまでしゃべると、流石《さすが》に見知らぬ人にそんな患者の秘密を打明けたことが恥しくなったのだろう。

「奥さん、誰にも云《い》わないで下さいよ。もし、子供がこのこと知ったら、それこそ可愛想だから」

その話を妻からききながら、明石はなぜか、ジャングルで自決させられた兵士のことを思いだした。なぜかわからぬが、二人の運命には共通したものがあるような気がしたからである。

一カ月ちかく、安静を続けると、やっと病院の中だけなら歩いてもいいと言う許可がでた。それと一緒に、今までやらなかった色々な検査も始まることになった。

「明石さん気管支鏡の検査を、来週やりますから」

ある日、看護婦が体温器を渡しながら、そう言うと、途端に一瞬だが部屋のなかが静りかえった。

「やるんですか」

隣りの本間さんが、少しからかうようなうす笑をうかべて、

「知ってますか。その検査」

「知りません。どんな検査です」

「ひゃあ、知らないのか」開沢さんが向うから叫んだ。「あのね、あんなにスゴい検査はありませんよ。気管支の中にね、鉄棒を突っこむのです」

「鉄棒？」

「ええ、その先端にレンズがついていて医者はそれによって、気管支や肺の内側を直接みるわけですよ」

「痛いですか」

「痛いとか、苦しいとか言うもんじゃありませんや。大の男が体をねじらせてアバれまわるのを看護婦が押えつけるんですからねえ」

開沢さんには少し誇張癖があるから、明石はたしかめるように本間さんの顔をみた。しかしその本間さんも真顔でうなずいて、

「いや、本当にそうですよ。このほかに明石さんは気管支造影や左右別肺機能検査などまだまだ色々、受けなくちゃなりませんけど、気管支鏡が中でも一番くるしいでしょう」

「いや、造影のほうが、俺あ、嫌だったな」と井口さんが横から口を出した。「あとで熱が出るから」

造影というのは気管支の中に白いバリュウムのような造影液を流しこみ、レントゲンをとる検査だそうである。

そう脅かされると、流石に明石は不安になった。その検査が一日一日、近づくと、何だか子供のように胸がどきどきしてくるのである。

「馬鹿ねえ。女の人のお産のことを考えてごらんなさいよ。もっと苦しいに違いないわ」

妻はからかうように笑った。

「第一、誰でもがやったじゃないの」

「そりゃ、そうだ」

当日がきた。彼は看護婦から白い丸薬を飲まされ、別の建物の五階にある手術室につれていかれた。宇宙服のような検査着をはおった若いインターンや看護婦が入口の所にたっている。明石と同じような患者が五、六人順番を待っていた。

「口をあけて、息をすって」

吸入器のようなものの中から麻酔薬が蒸気のように出る。間もなく、明石の咽喉《のど》はすっかり痺《しび》れて感覚が失《う》せていった。

手術台の上にねかされ、口をあけさせられ大きな機械がそこにあてがわれ、そして金属の棒が気管支に無理矢理に突っこまれた。苦しい。眼と鼻から泪《なみだ》や分泌物《ぶんぴつぶつ》がとめどなく流れる。看護婦はしっかりと彼の体を押えつけている。

(みんな、やるんだから)と明石は懸命に考えた。(お前一人じゃないぞ。井口さんも本間さんもみんなやったんだから)

体をねじられ、医者たちの小さな囁《ささや》きが耳もとで聞え、

「はい、抜きましょう」

金属の棒がぬかれた時は、流石に明石の顔は汗と分泌物とでぐしゃぐしゃに濡《ぬ》れて

いた。

「く、苦しいですか」

廊下に出た時、順番を待っている若い患者が不安そうに顔を歪《ゆが》めて彼にきいた。返事をしようと思ったが、麻酔のかけられた舌は動かなかった。彼は首をふって無理矢理微笑してみせた。

便所に行き、明石は幾度も唾《つば》を吐いた。唇が切れて血が流れている。

やっと気分がおさまると、彼はそろそろと廊下を歩いて自分の病棟に戻った。

階段をのぼろうとした時――

上から白い紙きれが舞いおりてきた。ふと顔をあげると、一人の子供が、ずっと上の階段から下を見おろしている。

眼のすんだ、頰の赤い子である。その顔を見た瞬間、

(妻が話していた子供だな)

すぐわかった。

彼は、その子の頭をかるくなぜて通りすぎた。掌《てのひら》の上にやわらかな髪の感触が残った。あと十四、五年も生きられないのに、その秘密を知らぬように子供は階段を走りのぼりながら、

「何処《どこ》いくの」

とたずねてくる。

明石はたちどまり、子供と一緒に窓から青い空を見た。今日もさまざまな人生をもった人々が病院の玄関を蟻のように出たり入ったりしていた。

Ⅳ

この頃から明石の心の中には、今まで考えなかったようなことが一つ、導入されてきた。それは物とか風景の意味ということだった。

病院の中での散歩が漸《ようや》く主治医から許されると、明石は、妻の来ている時は妻を伴って、一人の時は一人だけで、病棟の屋上にのぼることがあった。

夕暮の屋上にはたいてい人影がない。彼には手すりに靠《もた》れて、乳白色の雲層の下にひろがっている東京の街を長い間、見つめる癖がついた。

「あれはどこのテレビ塔かな」

「あの方角が新宿なのね」

妻とそんな何げない会話をとり交しながら、彼はいつも別のことを考えている。考えているというよりは、心に突きあげてきた質問に答えられぬもどかしさを絶えず感じている。

自分にもこの灰色のひろがりの中で生きていた長い歳月があった。あそこを自分は歩いたこともあったし、その時はこれが生活だと思いながら生きていた。それを今、自分はまるで遠い哀《かな》しい風景でも俯瞰《ふかん》するような気持で、この手すりに靠れて眺めている。

たとえばむこうのビルディングと家々の間に工場らしい建物があって、その煙突から白い煙が出ている。白い煙は、どこまでもひろがる乳色の空の中に真直《まつすぐ》にたちのぼり消えていく。

煙はなんのために真直にのぼり、乳色の空に消えていくのか。なぜ、今までは当然のこととして何の興味も持たなかったこの夕暮の一風景の中に、お前は人間の人生を解きあかす意味があるように思いこむのか。

長い間、彼はこの風景から触発された感情を嚙《か》みしめつづけた。工場の白い煙、なんのために真直にたちのぼり、乳色の空に消えるのか、その風景の背後には、なにか一つのひくい旋律がなっているようだ。その旋律を摑《つか》まえねばならぬ、その旋律は、この問を解くためのヒントのようにも感じられるから。

生きることのすべてが無駄であり、無意味であると言う解答をこの煙と空との風景から引きだすことは明石には一番たやすく、簡単なもののように思われる。それは我々が陥りやすい感傷にすぎない。うすっぺらな感傷の感覚からは、この物悲しい、うすよごれた街の営みと騒音との上に、乳白色の空の虚無なひろがりを重ねあわせ、心を滅入《めい》らせることがすぐ、できる。しかし、煙がそこに立ちのぼり、空が街の上にひろがっているのは、我々の人生が無意味であることを囁いているのではない。この空の悲しい色彩は今日まで人間の生活が幾百年ある間数えきれなく存在したであろう。にもかかわらず人間が生きてきたのは……。

それ以上はもう明石にはわからなくなる。

「あれが渋谷よ。スモッグが随分、ひどいのね」

「そうだな。スモッグがひどい」

工場の白い煙、真直にたちのぼり乳色の空に消える。にもかかわらず私たちは生きてきた。

屋上からは病院の中庭がはっきり俯瞰できた。人々が集り、群がり、散っていく。時にはその中庭の隅にある細道を、看護婦と医者とが人眼をしのぶように、霊安室にむかって歩いていく姿が見えた。誰かが今日もまたこの建物の中で死んだのである。

同じような感覚に、この病院での日常生活の中、明石は幾度もぶつかった。たとえば、病棟の地下室にある散髪屋から黄昏《たそがれ》、彼が戻ろうとしていた時だった。セメントの石塀に弱い夕陽が地図のような染《し》みをつけていたが、その塀の下で、髪を三つあみにした少女が弟らしい子供の手を引きながら唄《うた》を歌っていた。

唄は明石も子供の時、母や姉によく歌ってもらった童謡だった。その少女の横を通りすぎ、彼は病棟の中に入ってから、急に胸に突きあげるような哀しみを感じて、また引きかえした。なんのために、彼がそんな感情に捉《とら》われたのかよくわからない。夕暮唄を歌っている少女の姿なら今まで幾度も見たことがある。それなのに彼は屋上で工場のひとすじの白い煙のたちのぼる乳色の空を眺めた時と同じような問いが、今、この唄そのものから自分に引き起されるのを感じたのだった。

人間はどうして生きているのか。この問いにもちろん、明石は答えることはできない。しかし問いそのものは、たしかに今まで健康な時は見すごしていたもの、見逃していたもの、気にもとめなかった風景――そうした事物から、彼に囁きかけていることだけはわかった。

ある日のこと、いつものように彼は屋上の手すりに靠れてぼんやり遠くを眺めていたが、ふと何気なしに眼を下にやると、T字型になった建物の一角に窓をあけはなした病室があるのに気がついた。

そして、その窓に、今、一人の若い女が彼と同じように茜《あかね》色の空を眺めていた。女は右手に大きな花瓶をかかえている。きっと、花瓶の中の花をとりかえるか、花瓶の中に水を入れようとして窓の横を通りすぎた時、黄昏の空の色に気がつき足をとめたのにちがいない。

窓枠の中に、花瓶をかかえて立っている女の姿がなんだか、どこかで見た絵のようだったので明石はしばらくの間、注目していた。

女が姿を消すと、少し暗い病室の中に電気がともった。枕元《まくらもと》に植木鉢があって、仰《あお》向《む》けに明石ほどの中年の男が寝ている。それ以上、そちらに眼をやるのは失礼だと思ったから、テレビ塔の遠くみえる方角に視線をそらせた。

若い女は中年の男の細君だろうかなどと、とりとめないことを考えながら、屋上から自分の部屋に戻る途中、彼は、あの病室が、自分のいる階の一階下だったことにふと気がついた。

少し遠まわりだったけれども、自分でもその理由のわからぬ好奇心にかられて、明石はその窓の部屋の前を一寸《ちょっと》、通りすぎて戻ろうと思った。

病院の廊下は夕暮になると、一瞬だが、騒々しく、人間臭くなる。夕食の支度が始まり、見舞客が病室から出たり入ったりするからだ。

明石が通りすぎた廊下もそんな騒々しさがあった。附添婦たちが厨房《ちゆうぼう》から補食を入れた皿や鍋《なべ》をかかえて、歩きまわり、見舞客が外界の生活の臭《にお》いを体中に発散させながらエレベーターからおりてきた。

病室の扉はもちろん閉じられていたが名札に患者の名前が書いてあった。前川源一というどこでもある平凡な名前である。

(この人は、戦争に行ったのだろうか)

明石はその名札を見ながら、さっき見た自分と同じくらいの年齢の男の姿を思いだした。

子供が飛行機を手にもって彼の横にたちどまった。この間、階段ですれ違ったあの人工肛門《こうもん》の男の子である。

「荘ちゃん、御飯だよ」

附添婦がその子供をよびにきたが、子供はじっとふしぎそうに明石の顔を見あげている。

「荘ちゃん。御飯だそうだよ」

今度は明石が代って促してやると、附添婦は人のよさそうな笑顔をこちらに向けて、

「この食事は、子供の口に合いませんでねえ。それにこの子は制限食を割りあてられとるもんだから」

「そりゃあ、大人でも同じですよ」

二人は紙飛行機を手に持った子供を真中にはさんで、立ち話をはじめた。

「この前川さんですか」附添婦は明石の質問に声をひそめて答えた。

「ええ、四カ月前から入院ば、されとるですよ。血液の癌《がん》でねえ」

「白血病だな」

「ええ。あんた。若い奥さんがそりゃ甲斐甲斐《かいがい》しう看護されてますのに、気の毒な話ですよ」

白血病なら無駄な白血球が異常に増殖する病気で現代医学の力をもってしても治療不可能である。明石はさっき、屋上から見た窓の中の風景を――花瓶をかかえたまま窓に寄りそって黄昏の空をじっと見つめていた若い女の姿や、植木鉢のかげに仰向けに寝ていた中年男の表情を心に蘇《よみがえ》らせた。

「もちろん、御自分では御存知ないんでしょう」

「そりゃあ。でも奥さんのほうは医者に因果をふくめられたとか、聞きましたよ」

やがてこの夫婦の間に訪れる死の別離という瞬間を、明石は病室の扉にぶらさげてある木の札を見つめながら、想像した。木の札に白いインキで書いた前川源一という名前が改めて、眼にしみた。

白血病なら、この名前の患者に、死は確実に、もう一、二カ月でやってくるに違いない。その時、あの若い妻はどういう風にこの瞬間に抵抗するだろうか。明石はそういう妙な好奇心を起している自分に気づき、はしたないと思った。

その日から、彼は屋上にのぼるたびに、どうしても視線があの窓に向くのを抑えることができなくなった。

窓は時には固くしめられ、時には夕暮の影のために漠として内側の様子も見わけのつかぬこともあった。しかし、たいていの場合は、患者はあの植木鉢の陰にじっと仰向けになって寝ていた。植木鉢の木はどうやら小さなゴムの木らしかった。そして白いエプロンをきた若妻がその横で何かをしている時もあれば、全く姿を見せぬ時もあった。窓の中の一組の夫婦の生活はこうして次第に明石の心の中に食いこみはじめたが、彼はしかし、その秘密を自分の妻には黙っていた。

(なんのために、俺は、こんなことに好奇心を持つのだろう)

明石はたしかに入院して以来、自分の心が変貌《へんぼう》していくのを感じた。黄昏の空にたちのぼる工場の煙や、ゴムの植木鉢の陰に横たわっている中年男の生活に異常な興味をしめす自分の姿は社会生活を送っている時には見当らぬものだった。

最初の夜、彼が遭遇した死と同じように、病院では一週に一度は必ず誰かが死んでいった。

誰かが死ぬと、それがどこの階の人であれ、ニュースは油をふくんだ小波《さざなみ》のように病棟の中を伝わった。もちろん、誰から誰へと知らせて歩くわけではないけれども、なぜかふしぎに患者の本能がそれを感じとるのである。そんな日はどんなに空が晴れていても、日差しがあかるくても、患者たちの顔には無意識的な暗さがある。

明石はある日の午前中、病棟の一階を歩いていると一つの病室の扉が少し開いて、窓から洩《も》れる陽光の中に古ぼけたマットレスが寝台に放りおかれているのを見た。

昨日まではたしかにここには誰かが寝ていたのに、今日は無人である。本能的にその患者が退院したのではなく、死んだのだと明石にはすぐわかった。

廊下には幸い、誰もいなかった。明石は思いきって体を斜めにして、扉を押すと病室の中に躰《からだ》を入れた。

無人の部屋には妙に人間臭い臭が残っていた。壁のしみや、何かをそこにはりつけたらしい画鋲《がびょう》の穴のあとにも、ここに寝ていた患者の生活がまだ続いているように感じられた。（たとえば、この患者はこの壁に子供のかいた絵をはりつけて毎日、眺めていたのかもしれない）

洗面台の、しっかり締めてない蛇口から水滴がかすかな音をたてて落ちていた。そして硝子《ガラス》台にコップをおいた丸い灰色の痕《あと》が残っていた。

明石はしばらくの間、部屋の真中にたって洗面台に落ちる聞えるか聞えないほどの水滴の音をききながら、壁の画鋲の穴をじっと見つめていた。

それから寝台のマットレスに眼をやった。マットレスの真中に少し窪《くぼ》んだ部分がある。病人はこの湿ったような窪んだ部分に体をのせて、死ぬまで寝ていたのである。

（なぜ、こんなことにまで、俺は興味をもつのだ）

明石は蛇口に手をかけて、しっかりと栓をしめた。そして、まだこの部屋に残っている死者の生きていた頃の臭気が少し軽減されたように思ったのだった。

廊下にふたたび出ると、病院の中は毎日と同じような営みが続いているのがはっきりとわかった。注射器をもった看護婦がゆっくり歩いていく。廊下の壁にかけた黒板に頭に白布をかぶった炊事婦が、今晩の副食物の品名を書きこんでいる。

けんちん汁

た。

ごぼう　カレー・ライス

医者が二人、肩を並べて、何かを話しあいながら、エレベーターの方に向っていった。

一人の人間が死んだ日に、相も変らず同じリズムと同じ音をたてて病院の人々が働いているのは、今、明石に奇妙な感覚をあたえた。もちろん彼は、病院では一人一人の死などにかまっている暇はないことぐらいわかっていた。しかし一人の人間が死んだというのに、相変らず空は晴れ、相変らず、外界ではバスや車が走っているのは何故《なぜ》だということを今日まで、明石は一度も自分に問うたことがなかった。

その日の安静時間、本間さんや井口さんがかすかな寝息をたてている間、明石は一つのことを考えていた。それはもし、いつか自分が死んだ時、何人の人が本当に自分の死を本気で悼《いた》んでくれるかということだった。みんなにはそれぞれの社会生活や人生がある。生前はどんなに親しかったとしても、自分の死を悼んでくれる時間はほんの一日――いや、数分ぐらいなものではないのだろうか。礼儀や義理や感傷で臨終や葬式に立ちあってくれたとしても、彼等はすぐにこの死を忘れようと何処《どこ》か心で身がまえているにちがいないのである。そして、それは当然の事実であって、それ以上のことを他人に望むのは、自分の傲慢《ごうまん》や自己過大評価というものだろう。

黄昏、彼はもう一度、屋上にのぼり、あの白血病の患者の部屋をそっと盗み見た。今日は窓がしめられていた。

「いい夕焼だこと」

彼に遅れてしばらくしてから屋上に登ってきた妻が髪に両手をやりながら言った。

「明日もお天気ですね」

「ああ」と彼はうなずいた。「明日もお天気だ」


若い医者は明石と妻とを前において、鉛筆でコツコツと机を叩《たた》きながら考えこんでいた。

「そうですねえ。あなたの場合、空洞《キャベルネ》はちょうど一糎《センチ》直径ですから、手術もしてよいですし、化学療法で治すぎりぎりとも言えそうです。どちらを選ぶかと言うと、これはもうその人の今後の生活如何《いかん》によるのですが……」

「と、言いますと」

「つまり、今後、あなたがあまり過激な生活を送らず、人より六割ぐらいの控え目な毎日をなさるならば、化学療法で一応、かためる道をえらぶことも考えられます。でも……」

「でも？」

「一人前に働きたいとおっしゃるなら痛い目をしても手術をなさるよう、お奨《すす》めします」

「先生、肋骨《ろっこつ》を何本切るのでしょうか」

妻が横から口を出した。これは明石としても知っておきたいことだった。

「なに。上の骨を二本もとれば……いいでしょう」

「躰が変型するでしょうね」

「二本ぐらいなら、変型なんか、しませんよ。ほとんど、裸になってもマッチ箱ほどの窪みが見えるだけです」

鉛筆をコツコツとならしながら、若い医者は二人の返事を待った。

「しばらく考えさせて下さい」と明石は顔をあげて言った。「明後日《あさって》までに御返事をしますが……」

「ええ結構ですよ」

頭をさげて、椅子《いす》から立ちあがると明石は部屋を出た。背をまげて妻がそのあとからついてくる。

「思いきって切るか」

と明石はわざと快活に妻に言った。この病院で始めて診察を受けた時から手術のことは医者の口から聞いていた。ただ、妻を驚かさないために、黙っていたのだけれども、いずれは、打明けねばならぬことだったのだ。

「そうねえ……」

指をひろげたり、縮めたりしながら妻は考えこんだ。

「手術をすれば、万一と言うこともあるんでしょう」

「万一と言うと」

「ショック死とか……失敗とか」

「莫迦《ばか》な。そんなことは道を歩いていてビルディングの屋上から木材が落ちてこないかと心配するようなもんだよ」

「そうかしら」

「そうだよ」

「わたしは、あなたの決心通りに従うわ。でも、色々な人にきいてから、きめたって遅くないいんじゃない。先生だってお薬だけで治らないわけではないと、おっしゃってるんだし……」

「そのかわり、人の六割ぐらいしか働けないと言ってたろ。言わば、寝たり起きたりの生活だと」

その日、安静時間でベッドに皆が横になろうとした時、明石は同室の仲間に相談した。

「なんとも言えないなあ」と本間さんは言った。「ぼくだって手術してしくじった経験者だし……それに、切らないですむなら、切らないほうがいいかも知れない」

「しかし」と開沢君がベッドの中にもぐりこみながら「切ると入院期間が短くてすむな。化学療法だと一年半か二年は少くとも入院してなくてはならないが、手術して成功した連中は早くて半年で退院していくからね」

「切って治したのは治ったのでなくて、無理矢理、治したんですからね。輸血のために肝臓をわるくしたり、胃障碍《しょうがい》を引きおこしたり、余病をみんな作りますよ」

本間さんは自分が背中に大きな傷をつくっただけに、慎重だった。その傷を、明石は一、二度、チラッとみたことがあるが、まるで背中を袈裟懸《けさが》けに切られたように脇《わき》の下から肩甲骨《けんこうこつ》の上に半月型の赤黒い焼傷のようなあとがはっきり残っていた。思わずハッと眼を明石はそらせたぐらいである。そしてもし自分も手術を受ければ当然、あのような凄《すご》い傷痕を背中につけねばならず、肋骨をとられねばならないのだ。

「骨は何本、とるって言ってました？」

「二本」

「じゃあ、四本だな」本間さんは苦笑しながら言った。「医者は患者を驚かさないために切りとる骨の数は半分ぐらいにしか言わないもんです。ぼくなんかも二本と言われて四本、もぎとられたんだから」

「隣の部屋の山口さんは三本だ」開沢君が仰向けになったまま呟《つぶや》いた。「医者は一本しか切らないと言っていたのに」

どちらを信用すべきか、明石は天井を見ながら迷った。化学療法なら二年。しかし二年というロスはやはり働きざかりの彼には長い歳月に思われた。どうしても一年でこの療養期間を終えたいと思う。

(切ろう。思いきって……)

ふしぎなことに、体を切られたり肋骨をもぎとられることには、まだ実感が伴わなかった。それはまだまだ遠い先に行われることのように思われた。

「手術を受けるつもりだよ」

翌日、彼は洗濯物をとりに来た妻に、そう告げた。

「そう……」妻は眼《ま》ばたきをしながら「そう決心したのなら、あたし、言うことないわ」

「やがて体が切られ、血が流れるが、戦争で負傷した人と比べれば、本質も条件も違うんだからね。万一のことがあっても、これは受け入れなくちゃならない」

「よしてよ。縁起でもないことを」妻はあわてて手をふった。「そう簡単に死んでもらっちゃたまらないわ」

明石は妻に、もっと自分の気持を説明したかったが、どういう風に言ってよいのかわからなかった。たとえば、いつか隣室の古川さんが碁を打ちながら話していたフィリッピンの日本兵の死を彼は自分の手術と比較するのである。手榴弾《しゅりゅうだん》一つだけ与えられて、強い臭いのする枯葉の中に置き去りにされたその日本兵の孤独を考えれば、手術をうけるなどは、苦しみのうちに入りもしない。

(俺は戦争中、何をしていた)

彼には今でもはっきり思いだす情景があった。それは東京に当時、毎夜のようにくりひろげられた空襲の最初の頃である。当時、経堂《きょうどう》に住んでいた明石は、昼の勤労奉仕で疲れ果てた体を布団《ふとん》の中に入れて、眠っていた。遠くでパチパチと何かが焼ける音がした。そして時々、列車の走るような急降下爆撃の音が、かなり近い地点で、聞えたが、彼は起きようとはしなかった。起きなかったのは大胆なせいでも勇気があったためでもなく、ただ、もう、どうにでもなれという気持からだった。

「明石さん。危いよ」

下から下宿のおばさんがしきりに声をかけた。

「防空壕《ごう》に入りなさいよ」

「ああ」

渋々と、彼は起きあがり、ゲートルを手にとって縁側に出た。サーチライトが青白く交錯した夜空の一部分に、ちょうど手足をのばした虱《しらみ》のように灰色の物体がゆっくり動いていた。渋谷の方角には既に赤黒い炎がひろがっているのもはっきりわかり、灰色の物体も、その上をゆっくりと這《は》いまわっていた。その時、その物体よりも、もっと小さい黒点が、かなりの速さでサーチライトの中に飛びこんできた。

「日本の飛行機だ」

防空壕のそばから、男の嬉《うれ》しそうな声がひびいた。明石も思わず固唾《かたず》をのんで、その小さな黒点を注目した。

「あっ、やられた」

一瞬、真赤な火が黒点を包んだと思うと、流星のように赤い尾を引きながら、日本の飛行機は落ちていった。

「あっ、落ちる。落ちる」

戦場に行かなかった明石が、戦争の情景をみたのはこれが最初だった。今でも眼をつぶると、その黒点が火に包まれて落ちていったイメージがはっきり浮ぶのである。(自分はおかげであいう行為から、逃れることができた)と彼はあとになって幾分ホッとしながら考えた。(しかし、こいつは、やがて自分には、はね返ってくるだろう)

同じ年齢の者が死の不安に直接さらされている時、自分は肋膜炎《ろくまくえん》のために、まぬがれたが、その病疾が、今は自分にその時の償いの幾割を求めているような気が、明石にはやはりするのだった。

この頃、明石はもう一つのことを学んだ。

それはある夜のことだった。入院した最初の夜と同じように、彼は一つの声によって目がさめた。部屋の中は真暗で本間さんも井口君も開沢君も、かすかな寝息をたてて眠っていた。

声は風に乗って廊下の奥の方から聞えてくる。はじめは、また誰かが死んだために近親者が泣いているのかと思って目をさますと、泣声ではなく、泣声よりも呻《うめ》き声のようでまるで犬の遠吠《とおぼ》えに似ていた。途切れては、また続き、続いてはまた途切れる。

当直の看護婦が急ぎ足で走っていく跫音《あしおと》がする。明石はベッドから起きあがり、スリッパをひっかけて廊下に出た。看護婦がずっと奥の病室に姿を消すのがチラッとみえた。

便所から出て、暗い電燈《でんとう》がポツン、ポツンとともる廊下にじっと立っていると、さきほどの看護婦が注射器を持って、ふたたび姿をあらわした。

「眠れないんですか」

彼女はたちどまり、困ったように言った。まだ二十歳そこそこの年齢の娘で、顔にはどこか、あどけなさが残っている。

「眠り薬をあげましょうか」

「今の声、あれで眼がさめたんだよ」

「ああ」哀《かな》しそうに看護婦はうしろをふりかえった。「そんなに、はっきり聞えたんですか」

「どうしたの」

「すごく痛むんですよ。麻酔薬も三十分おきじゃないと、もう間にあわぬ患者さんなんです。今日、別の病棟からこちらに移ってきたんだけど」

「手術した人？」

「いいえ」

なぜか、看護婦は眼をそらせたので、

「癌《がん》だね」

明石は思いきって言ってみた。

「黙っててね。肺癌の人。年が若いから、その痛みはすごく烈《はげ》しいの。この注射の効果も、あと一時間しか、もたないわ。また、痛みはじめるでしょう」

「麻酔薬は限度があるんだろう」

「ええ、一種の麻薬ですもの」

「もし薬がうてない時は、彼をどうして我慢さすんだろう」

「あたしたち、手を握ってあげるより仕方がないわ」

「手を握る。そんなことで痛みが治るわけじゃなし」

「でも……明石さんもいつか手術を受けたらわかるわ。痛いとか苦しいとか叫んでいる患者さんも、あたしたちが手を握ると、少しずつ、温和《おとな》しくなっていくのよ。だから、今も私、あの人に注射をうったあと、じっと手を握っていてあげたの」

それから彼女は病院の規則を破って、夜中に患者と立ち話をしていた自分に気がついたらしく、

「あら、いけないわ。明石さん、もうベッドに戻らなくちゃ」

「ああ、お休みなさい」

病室に戻ると、真暗な空間の中に眼を大きくあけて、明石は今の若い看護婦の何気なく言った言葉を考えていた。病棟の中は静まりかえり、あの咆吼《ほうこう》のような呻き声はしんと聞えなくなっていた。

なぜ、看護婦から手を握られることによって、患者たちの苦しみは鎮《しず》まっていくのか。もしあの無邪気そうな看護婦の言うことがウソでないならば、手を握るという行為には、たんなる激励とか力付けというもの以上の大きな意味がふくまれているような気が明石にはした。

我々が何か、苦痛や不幸にぶつかるとき、その感覚はなまなましいから、どんな人間も自分だけがこの苦痛を蒙《こうむ》っているような錯覚に捉《とら》われることを彼は知っていた。不幸や苦痛はそれがどんな種類のものであれ、人間に孤独感を同時に与えるものだ。そしてこの孤独感がさらに苦痛や不幸の感情を増大する。

その時、だれかが手を握ってやる。手を握られた者は自分の苦しみや痛みがこのつなぎ合わされた手を通して、相手に伝わっていくのを感じる。だれかが、自分の苦しみや痛みをわかち持とうとするのを感じる。彼の孤独感はその時、いやされる。

明石が看護婦の言葉から考えたのは今、言ったようなことだった。しかしこの考えが果して本当か、どうかは、

「明石さんも手術をうけた時、わかるわ」

彼女が言ったように、自分の手術の時、判明するだろうと彼は思った。そして、やすらかな眠りに入った。

V

ある日、明石がいつものように屋上にのぼって、暮れていく東京の街に眼をやったあと、あの好奇心に駆られて、例の窓のある方角に顔をむけた時、いつもと変ったものをそこに見た……。

窓の中には既に灯がともっていたから、中は、はっきりと覗《のぞ》けた。男は一人でベッドに上半身を起こし、あの若い細君の姿はなかった。

枕《まくら》もとの植木鉢のそばに電気スタンドがあり、そこから白い光があたりを照らしている。男は紙を口のあたりに持っていき、唇をぬぐうと、じっとその紙を見つめている。それから、また新しい紙をとりだし、同じ動作をくりかえす。

しばらくそれを眺めていた明石は、やっと気がついた。男は歯ぐきから出る血を紙でふいてそれを凝視していたのである。

(白血病で、歯から血が出たら、もうおしまいです)

いつか、どこかで、そのような話をきいたことがあった。それがいつで、どこであったか、彼の記憶の中ではすっかり埋もれていたが、今、灯のあかるい窓の中でうつむいたまま紙で口をぬぐっている中年男の姿を見た時、ふいに、甦《よみがえ》ってきたのだ。

明石は顔を強張《こわば》らせて、男の単調な動作を見つづけていた。それは彼が今日まで決して眺めたことのない厳粛な情景だった。一人の人間が今自分の死に気がついている……。

(あの人は、どうするだろうか……。彼は若い奥さんに、この事実を教えるだろうか)

次々と明石の心の中にそうした問が浮かびあがってくる。万一彼女がこの事実を知った時、この一組の夫婦は二人を引きさく死という抗しがたいものに、これからどう抵抗するのであろうか……。

病室に戻った時、彼の張りつめた気持はまだゆるんでいなかった。その時、戸をそっと押しあけて、彼の妻が両手に風呂敷《ふろしき》包みをぶらさげながら、部屋に入ってきた。妻の額は階段をのぼったせいか、少し汗ばんでいた。そして肩で軽い息をついていた。

明石は黙ったまま、その妻のくたびれた顔を見つめていた。今まで毎日のように眺め、ほとんど気にもとめなかった自分の配偶者の存在を、彼は久しぶりにはっきりと感じた。

しかしそんなことを明石はもちろん、妻に口に出しはしなかった。戦中派である彼には自分の心をかすめた感情を生《なま》のまま、細君に打ちあける習慣がなかった。自分が今日、お前の存在を感じたなどとは恥ずかしくて言えるものではない。

「洗濯物をもってきてくれたのか」

「ええ。ここに入れておきますわ」

「今日は別に変ったことはなかったよ」

「そうですか。それはよかったわ」

当りさわりのない会話をとりかわしながら彼はなぜ、今更のように自分が妻のことを気にしだしたのだろうと思う。考えなくてもその理由ははっきりしている。屋上から見た窓の中の夫婦が、頭にこびりついているからである。

夫婦として結ばれた一組の男女が、その片一方の死によって引き裂かれる——今日までどんな夫婦にも起こったであろうこの運命を、あの人たちはまもなく引きうけねばならない。若い妻はどうするのだろう。彼等はどこまで死に反抗してみせるだろう。それを明石は好奇心からではなく、人間の生き方のためにもどうしても見とどけたかった。

「そうですか。手術の決心をされましたか」

医者は明石の回答をきくと、唇のあたりにホッとしたような笑いを浮かべてうなずいた。その笑いから、まるでもし明石が手術を断ったなら、どうにも仕方がなかったのだというような含みが感じられた。

「なあに、簡単ですよ。今の手術は麻酔が発達していますからね。グッスリ眠っているうちに万事が終ってしまうんです」

「骨は何本取るんでしょう」

「さあ、三本も取れば充分でしょう」

この間は二本ですむと、この医者は、はっきり言い切ったのだ。それが一週間もたたぬうちこともなげに一本ふやしている。同室の連中が言っていたことは本当だと、明石は思わず、うす笑をうかべた。

「手術に危険はありませんか」

「ないと思います。しかし医者だって神さまじゃあないんだから絶対に大丈夫と言われると困るんだが」

医者の手にした煙草《たばこ》が短くなって、指をこがしそうなのが明石は気になった。

「一番、心配なのは気管支漏ですけど、これは、やって見なくちゃ、何とも言えんのでね」

「気管支漏？」

「ええ、肺を切除したあと気管支を縫いあわせるんだが、この気管支に穴があくと面倒なことになる……」

そこまでいいかけて、医者は患者に無用な不安感を与えたことに気がついて、

「いや、そんな例は百人に二人か、三人ですよ。大丈夫、大丈夫」

病室に戻ると明石は、本間さんや開沢君をつかまえて、今きいた気管支漏のことをたずねてみた。

「つまりねえ」本間さんは携帯ラジオを耳もとで振りながら「どこが狂っているのかな。このラジオ。つまり、ボロボロの布を縫ったってすぐ穴があくでしょう。大分、いかれた気管支も同じなんですよ。いくら肺に縫いあわせようとしたって、すぐ穴ができてしまうんだ」

「手術で一番おそろしいのはこれだな」

開沢君は、

「下の階に一人いますよ。もう九回も手術して、まだ治らないんだ。気管支漏にやられたんです」

「しかし明石さんなんか、絶対、大丈夫ですよ。病歴がまだ浅いから」

「そんなことはない。ぼくが肋膜をやったのはもう二十年ちかい前ですよ。古つわものと言っていい」

そのくせ、明石は自分が決してその百人中、二人のパーセンテージしかもたぬ余病を併発することはないだろうと思った。もちろんそれは理由のない自信であったが、しかし自信には違いなかった。

「しかし手術ときまった以上、これから忙しくなりますよ」

経験者である本間さんは苦笑しながら言った。

「色々な検査が始まります。気管支鏡をもうやったから、今度は造影をとられますよ」

「造影？」

「ええ。白いバリュウムみたいな液体を気管支の中にどんどん流しこんでね、レントゲン撮影をするんです。あとでその白い造影液がなかなか出てこないから、私など微熱で二日も寝こみました」

「いやだなあ」明石は思わず溜息《ためいき》をついた。「聞いただけで、息苦しくなりますな」

「息苦しいのは、別の検査です。左右別肺機能です。片肺をとめて片肺だけで肺活量をしらべる検査ですが……これは辛《つら》いですよ」

本間さんは病院によくいる下士官根性の人ではない。新入患者にさまざまな検査のくるしさを誇張して脅かすのは古参患者のたのしみだが、本間さんにはそういうところがなかった。だからこの話は本当だろうと明石は思った。

その夕暮、彼はまた屋上にのぼった。屋上にのぼり、こうしてあの窓に眼をやるのはあの患者に無礼だとは百も承知はしていたが、しかし、それを見たいという欲望《よくぼう》を抑えることはできなかった。

その夕暮は明石がこの屋上にのぼるようになってから、一番、はなやかに空が燃えている日の一つだった。雲は薔薇《ばら》色に、金色に、淡紅色に、うす紫に、それぞれ位置と方角とによって色を変えながら、夕陽からうける光をたっぷり吸いこんでいた。そして夕陽そのものも、赤い大きな硝子球《ガラスだま》のようにうるみながら、ゆっくりと沈みつつあった。東京の街は相変らず騒音をひびかせていたが、耳をすますとこの騒音と騒音とのあいだに不意に言いようのない深い静寂が訪れる瞬間があった。あの日以来の癖で、明石はこうした静寂から何かを聞きとろうと心を集中させながら、手すりに靠《もた》れていた。そして彼の視線はためらいがちに、あの窓の方に少しずつ向けられていった。

彼等は窓の中にいた。彼等はそこで永遠に凝固した像のようにじっとしていた。男は寝台に仰向《あおむ》けに寝ている。あの白いエプロンをつけた若い妻は床に膝《ひざ》まづきベッドの上にかぶさるような姿勢をとって、夫の手を握っている。そしてあけ放された窓硝子の片一方に西陽がキラキラと反射している。

明石は直立して、この光景をじっと凝視した。夫婦として結ばれた男女がその片一方の死によってやがて引きさかれる――その運命に彼等はどうやって、どこまで抵抗するだろうかという明石の疑問に、今、その答がまるで額縁におさめられた絵のようにはっきりと差しだされていたのだ。彼等はただ手を握りあうことによって――しかし手を握りあうとは明石がこの日頃、考えてきた結論によれば、「苦しみをわかちあう」ことであった。苦悩を分担しあうことであった。言いかえれば、共に苦しむことだった。

死にたちむかう夫婦の姿、黄昏《たそがれ》の窓の小さな光景はおそらく病院では日常茶飯の出来事にちがいない。ちがいはないが、しかし明石は自分がやがて退院して元気をとり戻した時、たとえば酒場で女給たちと話をしている時、夕暮の立橋の上から灰色の家なみを見おろす時、この光景はふいにどこからか自分の心を横切るだろうと思った。

屋上にもたれたまま、次第に眼がしらがあつくなるのを感じた。年甲斐《としがい》もなく胸に熱いものを感じたのは、たんにあの患者にたいする感傷的な憐憫《れんびん》のためではなかった。死というものは誰も避けられぬことである。だが死にたちむかうのに、手を握るしか方法のない人間の行為に、彼はなぜか知らぬが生きることの素晴らしさを感じたのである。なぜそこに人間の素晴らしさがあると思ったのか、今の彼にはわからない。だが同時にもし自分がこの理由を嚙《か》みしめていけば、人間にとって死がなぜ与えられているか、死の意味とは一体なんなのかが少しずつ解きほぐされていくような気がする。

手術をやることがきまると、同室の皆から教えられたように、二週に一度ずつ、苦しい検査が行われはじめた。

気管支造影検査はまず手術室で口から咽喉《のど》に吸入器を使って麻酔をかけた後、鼻から肺までゴム管を入れる。

明石がこの検査をうけた日ははじめてこの勉強をやる医学生たちが、先輩に教えられながらぎこちない手つきでゴム管をいじっていた。

検査をうけに病棟の各階から集った患者たちは心の中でこの新米に当らないように念じながら、しかし、

「田口さん、こっちに来て下さい」

看護婦に否応《いやおう》なしに呼ばれると、仕方なくその若い医学生の前に腰かけた。先輩にみられているという緊張感のせいか、医学生はゴムを鼻孔に幾度も幾度もかかって入れるが、結局、気管支のかわりに食道に管を通してしまうのだった。

「いい加減にしてくれよ」

一人の患者がたまりかねて怒鳴った。

「俺あ、モルモットじゃないぜ」

その患者は下町の男らしく、丹前を着た首に、手ぬぐいをまいていた。

たまりかねて先輩がこの患者の前に腰をおろし、

「よく見ていたまえ。こう、やるんだ」

すると、あれほど通過しなかったゴム管がなんの障碍《しょうがい》にもぶつからず、するするとその患者の咽喉を通っていった。

「自分の名前を言ってごらん」

患者は口をパクパクとさせたが、声は出なかった。管が食道に入れば、声が出る筈《はず》

であるから、これは気管支に挿入された証拠だった。

「うまいもんだなあ」

こちらにかたまってそれを眺めていた患者たちは小声で囁《ささや》きあった。

「手術だって同じだろうな。外科なんて靴屋と同じに職人仕事なんだから。下手な奴《やつ》に会ったら、さっきの若僧みたいなことをされるよ」

それから彼等は教授に手術をしてもらうためにはどれ位、包まねばならぬかとか、講師ならもっと安くすむなどと話していた。

明石は幸い、若い医学生ではなく熟練した医者の前に坐《すわ》ることができた。麻酔が充分きいているとみえ、ゴム管が気管に入っても異様な違和感を感ずるだけで痛みはなかった。

次に彼は別室でレントゲン台の上に横になり、気管支の中に白い液体を注入された。この時、烈《はげ》しい咳《せき》がとめどなく出て、脂汗《あぶらあせ》が額から流れた。

「咳を、しないで、下さい。咳を」

レントゲン科の医師は彼の肩を押えながら叱《しか》りつけた。しかし抑えようとすればするほど咳は次々と飛び出てくる。

半時間ほど、体をもがきながら撮影されたあと、彼はやっと放免された。

「どうでした。真蒼《まつさお》な顔をしている」

「ぼくあ……気管支鏡より……この方が……辛かったです」

病室に戻ると本間さんにそう言って、明石はベッドに横になった。その午後から彼の体温は八度ちかくになり始めた。

「大丈夫ですよ」主治医は微笑しながら「白い液が全部、出れば熱もさがります」

二日の間、彼はまだ体に残っている麻酔の臭《にお》いを感じながら、船酔のような不快感に悩まされた。彼がこうして寝台の上に横になっている間に、あの窓の男は死んだ。

各種の検査が終ったあと、エア・ポケットのような日が続いた。医者たちは別に何も言わぬし、手術日を指定もしない。しかし彼等が完了した検査結果をもとにして、どういう手術をするかを検討していることは明石にもわかっていた。

ある日、明石は本間さんと開沢君とに誘われて一緒に風呂にいった。裸体になった本間さんの背中には袈裟《けさ》がけに大きな半月型の傷がある。明石は今日までそれを見るのが失礼だと思ったし、決して眺めて気持のいいものではないから、できるだけ眼をやらないようにしていた。

しかし、今、自分も同じ手術をうけるときまった以上、なんだか、こちらにも資格

と権利があるような気がして、湯ぶねにつかりながら、そう話すと、

「資格と権利ですか。変な言いかたですなあ。なんだかストリップ見物のようですが」本間さんは笑った。「さあ、遠慮なく見て下さい。どうぞ。どうぞ」

「では拝見」

明石は体を洗っている本間さんの背中を湯気の間から観察した。傷は褐色味を帯びて長さは半米《メートル》以上もあった。のみならずその傷の太さは一糎《センチ》近くもあった。

「随分、傷の幅がありますね」

「長さですか。幅ですか」

「幅ですよ」

「ああ、それは同じ傷に幾度もメスを入れたからです。一回だけでは傷もほとんど目立たないですが二回になると幅もひろくなりますよ。周りもカチカチに固くなりましてねえ」

「明石さんの体にも、やがて、こんな傷あとができるんだなあ……」

別に悪意からではなく、むしろ無邪気に横にいた開沢君がそう言った。

「ふしぎな気がするなあ」

今日まで自分の体には一度もこのような変化はなかった。しかし手術の日から一生

涯、この体には半月型の長い傷あとが残るのだと思うと、明石は一種の快感と共に、変な気持までしてくるのだった。

「おや、こちらに穴の跡が二つあるけど」

本間さんの脇腹《わきばら》から少し上に、直径一糎ほどの茶褐色の穴のようなものがあるのに気がついて、思わず明石が声をあげると、

「イヤだなあ、そんなに詳しく見ないで下さいよ」

本間さんは悲鳴をあげた。

「失敬、失敬。しかし許して下さい。ぼくもやがては我身というわけで、気になるものだから」

「これはドレーンの跡です」

「ドレーン」

「どう説明したらいいのかな」本間さんは膝の上に湯をかぶせながら、

「ここに管を入れて、切除した肺から溢《あふ》れる血を体外に出すんです。それをドレーンと言うんですがね。それでないと胸の中に血が溜《たま》って大変なことになるでしょう」

「なるほど、しかし、胸部手術って……大変なことなんですね。医者はすごく簡単なような言いかたをするから、こちらもあっさり承知したんだが」

「こわくなりましたか。そりゃ肺手術は心臓手術、脳手術と並んで三大手術の一つなんだから、胃や盲腸を切るのとは同じじゃありませんよ。だからこの手術をうけた者は、病院じゃ、他の患者に大きな顔ができるんです」

「戦場にいった兵隊と内地勤務の兵隊の違いだな。同じ兵隊でも格が違うというわけですか」

「そうですよ。一寸《ちょっと》ぐらいの手術で威張っている連中も、ぼくらには頭があがりません」

　と本間さんは声をだして笑った。

「どのくらい時間がかかるんですか。手術がすむまで」

「人によって違いますがね。たんに骨を切りとるだけの成形手術なら三時間ですむかな。しかし肺葉を切除するとなると、六時間から八時間、手術台にいるようですね」

「六時間から八時間？」

「それからですよ。くるしいのは」そう言いかけて本間さんは舌を出した。「こんなことを言っちゃあ、これからオペをうける明石さんに悪いな」

「いいです。いいです。何でもきかして下さい」

「じゃあ、話しましょう。麻酔から眼がさめる。みんなの顔が遠くから段々、近くに見えてくる。すんだんですよと医者が言う。そう言われて自分の体をキョトンと見まわすとまるで体じゃなくて機械がそこにあるような気がするもんです。足には輸血の針がさされてその先端には血液を入れた瓶がブラブラしている。胸からは例のドレーンの管が寝台の下まで這《は》っていて、電気モータの音がする。鼻には酸素吸入のゴム管が差しこまれて、ボンベにつながっている」

湯ぶねにもう一度つかりながら、明石はそんな恰好《かっこう》になる日の自分を想像した。しかし本間さんにいくら説明されても、機械の一部分になったような自分を思いうかべることは不可能である。

朝は病院の中で一番活気にみちた時間である。

六時半、看護婦が各部屋をまわって患者の体温をはかる。一週に一度は血沈の検査がこの時刻に行われる。

検温がすむと、みんなはできるだけ早く、洗面所に駆けつける。あまり広くもない洗面所では場所をとるのに一苦労だからだ。軽症の者はドテラを着たまま、病院のすぐ前にある商店に朝食の補食を買いに出かける。

その日も明石は洗面をすませて、財布を丹前の袖《そで》に放りこみ、卵を買いに行こうと

廊下に出た。その時、向うから朝の洗面をすませた開沢君が、まだ顔に水滴を残しながら、

「おめ、でとうございます、明石さん」

開沢君は明石をみると興奮とおどけの入り交った口調で言った。

「見ましたか」

「なにを？」

「あれ、まだ、知らないんですか。看護婦室に行ってごらんなさいよ。明石さんたちの手術、施行日が出てますよ」

「ぼくの？」明石は大声で言った。「本当かい」

「うそじゃありませんよ」

明石はスリッパの音をパタパタいわせながら看護婦室まで小走りに走っていった。看護婦室ではちょうど今日の予定を主任が看護婦たちに伝えているところだった。

「どうしたの？」

いつか、深夜に肺癌《はいがん》の患者に麻酔薬をうちに行っていたあの看護婦が、びっくりしたようにふりかえった。そういえば、あの肺癌の患者はあの夜から二、三日して本人の希望で自宅に戻ったということだった。

「お邪魔して、すみません。今、ほかの人から、私の手術日がきまったと聞いたものだから」

「早耳ねえ、患者さんたちは」主任は微笑しながら一同を見まわした。「一時間前にあたしが知ったことを、もうみんな聞きつたえるんだから」

明石は壁にかかった黒板に、手術予定者とその施行日や病名が書きこまれているのをみた。明石の名前はその三番目にあった。そして手術日は今から二週間の後だった。

「こんなに早く」と主任はそばに寄って言った。「手術台にのせられるとは、思っていなかったでしょう」

「本当だ。どうして私だけ、特別、早くなったのかな」

「さあ、きっと、それだけ検査の条件が手術にむいていたからじゃない？　でも、早く手術をうけて、早く退院するほうがいいじゃないの」

「手術をして、どのくらいで退院できるの？」

「順調にいけば三カ月で退院のお許しが出るわよ」

なんだ、そんな簡単なことかと明石は思った。自分が入院したのはつい、この間のことのような気がする。それがもう、手術で、手術がすめば三カ月で退院なのか。自分はもっと気おった気持でここに入ってきたのだけれども、今はその気おいも馬鹿馬鹿《ばかば》鹿《か》しいようである。

「きまったんですって」

　部屋に戻ると、みんながこっちを向いて、本間さんがイの一番に声をかけた。明石は率直に自分が今、感じた気持をしゃべった。

「そうじゃない」本間さんは首をふった。

「明石さんは何もわかっていないんだな。手術をうけた日から一カ月は、まるで五年か十年のように長い、くるしい毎日なんだ。そして手術をうけた日から、ぼくら何もかもが変っていくんです」

「それは消すことのできない傷が背中に残るということ？」

「それだけじゃないなあ。何と言ったらいいんだろう。もっと心の上で……」本間さんは例の謎《なぞ》のような微笑をうかべて「やがて、わかりますよ。やがて……」

　朝食のあいだ、本間さんが提出した問題を明石は考えつづけた。おそらく自分は間違っているのだろう。自分は何もかもがうまくいくという仮定のもとに、万事を考えている。

　とに角《かく》、自分の肉体はその手術の日に変ることは確かである。その肉体と同じように自分の心にも今までと違った変貌《へんぼう》があるであろうか。そしてもしその変貌が加えられるとすれば、どのような形でくるのだろうか。

そう思うと彼は胸の疼《うず》きさえを感じて、病室を出た。

屋上にのぼると彼はいつものように手すりに靠《もた》れて、じっと東京の街を見つめた。真昼の陽光をあびながら街にはいつものように毎日の生活が営まれている。眼の下の道には列をつくって自動車が集まり、信号のかわるのをじっと待っている。向うのビルディングの小さな窓の中では執務している人の白いシャツの動きもはっきり見える。そしてあの工場の煙突の煙はまっすぐに空にのぼっていた。

彼の眼はおのずと、あの男が寝ていた窓に向いていった。窓はもう次の患者が入っているのか、窓はとじられてはいたが、その窓の手すりに手ぬぐいがほしてあった。だれもがあの窓の中で一組の夫婦がどういう生活を送っていたか知らない。死というものを前にしてあの夫婦がどう抵抗したかも知らない。自動車は今日も道を走り、窓の中で人々は忙《せわ》しげに働き、工場の煙突の煙は真直《まっすぐ》に空にのぼる。

考え方によっては一人の人間の死にたいしあまりに冷淡にみえるこの外界の日常は、かえって明石にそれでいいんだという気持を起こさせる。それでいいのだ。それでいいのだ。人間はこうした猥雑《わいざつ》な日常の中に一見、埋もれているように見えながら、そのひそかな、ささやかな部分であの夫婦のようにすべて冷淡なもの、すべて容赦のないものに人間である意義を示しているのだ。

手術日が一日、一日、近づくにつれて、明石の妻は忙しそうに毎日、病院にやってきた。

「すいのみ。さらしのきれ。えんざ」

そう書いた手帳を出しては手術日に必要なものを一つ一つ買い求め、鉛筆で手帳の字を消していく。手術してから少くとも一週間は自分で体を動かすことさえできないから、吸いのみで食事をとらしてもらわねばならぬ。一カ月以上も不動の姿で寝たきりだと、腰にしこりが出来て、たまらなく辛《つら》い。だからゴムの円坐《えんざ》が必要だと本間さんが教えてくれたのである。

妻がそうやって、いろいろな物を求めたり、手術日に医局に贈る麦酒《ビール》やジュースを売店で予約している間、明石は明石で、色々な細かい検査を毎日、受けつづけていた。血液型や血液が何分で凝固するかという試験や、心電図、肝臓の良否、そうした小さな、しかし大手術にはなくてはならぬ検査は次から次へと日課のように割りあてられてきた。

「大変なもんだなあ。やはり」

明石はメスで幾度も血をとられた耳をさすりながら妻に言った。

「こんなに、色々なことをさせられるとは思っていなかったよ」

その時、主任看護婦が一枚の紙をもって夫婦のところにやってきた。

「明石さん。これに署名して、判を押してもらいたいの」

「何ですか」

「読んでごらんなさい」

それは手術を受けることを自分は承諾する。承諾した以上、万一の事態になってもそれに抗議はしないという一札だった。

「いやあねえ」

と妻は言った。

「万一の事態なんて」

「うん。しかし、病院側じゃあ、こう言わなければ仕方がないんだろう」

彼はその紙にサインをして、判を押すと看護婦室に持っていった。

「有難う。これで、みんな、すんだわよ」

主任看護婦は微笑しながら言った。

「みんな」

「ええ。あとは明後日《あさって》の手術をまつだけ」

「明後日。もう、そんなになりましたか」

壁にかけてあるカレンダーをみながら、明石は呟《つぶや》いた。

VI

手術の前日がやってくると明石は手術を受ける者が入ることになっている個室に移された。

「愈々《いよいよ》、明日組上《そじよう》の鯉《こい》ですな」

回診に来た教授が聴診器を明石の胸に動しながら頬に笑をふくんで言った。

「本当に、よろしくお願いします」

明石がそう言うと、不安そうに横につきそっていた妻は懸命になって頭をさげた。妻としてみれば、今はもうこの医師によりすがる以外、もう努力のしようもないのである。

「割合いに早くすみますよ。手術は」

「でも、肺の切除は六時間ぐらいかかるのでしょう」

「いや。肺を切除すると色々な余病の危険もありうるのでね、貴方《あなた》の場合はもっと安全なやり方を選びましょう」

肺の切除だけを考えてきた明石と妻にとっては、教授のこの言葉は全く意外だった。

「と言うと？」

「万事、安心して委《まか》せて下さい」

聴診器を器用にくるくるとまるめ、教授は従えてきた婦長や若い医者たちの一行をつれて部屋を出ていった。

夫婦は不安そうに顔をみあわせた。手術を承諾した時から明石にも妻にも肺切除という方法が既定の事実のように頭にあったのである。それが今、前日になって変更になった。一体、自分はどんなオペラチオンを受けると言うのか。

「あたし、主治医の先生に、はっきり伺ってくるわ」

いつになく、妻は決然として言った。

「ここに来て頂いて説明してもらいましょう」

若い主治医はやがて妻に連れられて少し苦笑を浮べながら病室に入ってきた。

「ええ。今、説明しようと思っていたところでした」彼は弁解するように「実は私たちも予定が急にこう変るとは思っていなかったのです。メディコンで――つまり昨日の会議であなたの前に手術を受けた人が気管支漏《フイステル》を併発したものですから教授も気が弱くなられて」

明石は主治医の説明がよくのみこめなかった。

「つまり、あなたには気管支漏など決して併発しない方法を教授はえらばれたわけです」

「と言うと、どんな手術でしょう」

「肺切の場合は文字通り、病巣《びょうそう》をきれいに切り取ります。しかしこの手術の時は気管支切断の部分に穴があいたりして、気管支漏や膿胸《のうきょう》のような余病を併発するんです。だから、あなたのほうは、少し古いやりかたですけど、成形手術で肋骨《ろっこつ》を六本切り取り」

「六本？　そりゃ、ひどい」

明石は思わず顔をしかめて叫んだ。この間は二本ぐらいしか骨はとれないと医師は言っていたのだ。それが今一挙に三倍にはねあがっている。医師の側からすれば三本、四本の違いは何でもないかも知れないが、切られる当人にしてみれば、肋骨の一本あるなしでも一生涯の生活に関係してくるのに……。

「いや。昔は八本、九本と切り取ったんですよ」

「しかし、そんな古い方法で治るんでございましょうか」

妻は横からおそるおそる口をだした。

「大丈夫、大丈夫」主治医はホッとしたように「肺切より、少し予後がかかりますがね。時間がかかるというだけで治るのは同じです」

そうこの若い医師に断言されれば、明石は半ば割り切れぬ気持でうなずくより仕方がない。

「肋骨六本ですか、それはこたえるなあ」

「しかし肺切で、もし気管支漏でも起してごらんなさい。六本じゃすみませんよ。五回や六回も手術を受けねばならんのですから」

そう言われれば、確かにそうだった。要は治ることだった。健康をとり戻すことだった。

「手術は何時間ぐらいですむのですか」

「さあ。四時間で充分でしょう。全身麻酔ですから、眠っている間に万事がすみますよ」

主治医が部屋を引きあげたあと、明石と妻とは黙って顔をみあわした。昼ちかい病院は回診がやっと終ったらしく、昨日まで彼のいた大部屋の方からスリッパの音がバタバタと聞えてきた。

「みなに報告してこよう」

明石もスリッパを引っかけて、廊下に出た。

「成形か。六本か」本間さんは少し考えこんで、うつむいた。「明石さんの場合は、病巣も新しいんだし、気管支漏の心配なぞ、まずないと思うんですけど、なぜ、成形なんかやるのかなあ」

「ぼくにも、わからない」

明石は帯の間に両手を入れながら、首をかしげた。

夕暮、看護婦がシャボンと剃刀《かみそり》とをもって毛ぞりにきた。手術をうける背中から脇《わき》の産毛をきれいにそってくれるのだ。剃刀が電燈《でんとう》の光でキラリと光るたびに、その刃が皮膚の上を動くたびに、明石は、同じこの体にメスの刃が入りこむのだなと思う。

「まだシミ一つないこの処女のような体がね、明日になれば、キズモノになるんだから……」

彼は冗談を言って看護婦を笑わせた。

「ぼくの血液型はA・Bだったですね」

「そうよ」

「輸血の時、間ちがえないようにして下さいよ。万一、ほかの血を入れられると……」

「大丈夫ですよ、こちらはベテランなんですから」看護婦は笑いながら言った。「明石さんて、体の大きなわりに、意外と神経質なのねえ。じゃあ、今晩は気持がたかぶって眠れないかもしれないわね。あとで、眠り薬を持ってきてあげるわ」

妻は消燈の時間ちかくまで、病室に残っていてくれた。

「明日は八時にくるわ」

「その時は、俺はもう麻酔をかけられているかもしれないな」

「大丈夫でしょ。手術は十時からだからそんなに早く、眠らせない筈《はず》よ」

妻が病室を出ていったあと、彼は電気を消して、眼をつぶった。眠り薬は枕元《まくらもと》にあったが、なぜか使いたくはなかった。

(たかが手術ぐらいで。もしお前が戦争に行っていたとしたら、こう甘やかされはしないだろう)

彼はまどろみ、目がさめ、また、まどろんだ。意気地がない、なんて弱虫なんだ、お前は、とそのたびごとに思う。

あさ方になってから彼はぐっすりと眠った。誰かが体をゆさぶっていた。

「お起きなさいよ」

看護婦がいつものように体温器を鼻さきにつきつけていた。

「もう朝よ。よく寝た？」

「寝たよ。体温か。手術をする日に体温をはかることもないだろうに」

「逆よ。手術日だから体温を計っておくのよ」

朝食の時間がきて配膳車《はいぜんしゃ》が動きだしたが、彼のところには廻ってこない。

「いよいよだね」

誰かが病室の扉をあけて顔を入れながら言った。その人が誰か明石にわからぬうちに相手はもう扉をしめて姿を消してしまっていた。

朝空はよく晴れていた。東のほうに浮んだ雲には朝陽が金色に光っている。街では既に一日の営みが始まろうとしていた。トラックが走り、会社に急ぐ男たちが病室から見える外界の道に流れている。明石以外の人々には今日は昨日と同じような一日にちがいない。

「さあ」

看護婦が白い丸薬と注射と針とを持ってきた。

「麻酔注射のあとこれを飲んで、ベッドの中でじっとしていて下さいな。決して外に出たら駄目ですよ」

注射針の筒の中には麻酔液が入っていた。それは水のように透明な液体だった。腕の中に針が入れられ、液体は筒の中から少しずつ彼の体にはいっていった。

（意識がなくなるまで）不意に明石は決心した。（俺がどうなっていくのか、はっきりと見つめておこう）

彼は白い丸薬を一気に水を入れたコップでのみほした。水はコップからこぼれてパジャマを濡《ぬ》らした。すると不意に自分のだらしなさに腹がたってきた。手術室でこれと同じようなミットモないまねは、どうしてもしたくなかったのである。

（人間、いつまでたっても虚栄心というものがなくならないもんだな）

彼は苦笑してベッドに仰《あお》むけになり、両手を腹の上に組みあわせて、じっと白い天井を眺めていた。まだ、意識は鋭い針のようにはっきりとしていた。

足音をしのばせて、妻がそっと病室に入ってきた。明石はわざと眠ったふりをして、薄眼をあけて彼女の姿を観察していた。

「おい」

「あら、起きていたの。驚いたわ。もう麻酔はうったって今、看護婦さんに聞いたのに」

「それが全然、効かないんだ。俺は酒にもなかなか酔えないからねえ」

「でも、そんな恰好《かっこう》をしてるんですもの、眠ったのかと思ったわ」

「毒薬を飲んだあとのジュリエットみたいだろ」

ロミオとジュリエットの芝居の中に、今、自分がやっているのと同じような場面があったななどと馬鹿馬鹿《ばかばか》しいことが頭にのぼってくる。

「話しちゃあ、駄目よ。眼をつぶっていなさい」

自分が今から六本の肋骨をもぎとられるという実感はまだ一向に起っていなかった。こういう感じにさせられたのが、あの注射と丸薬のせいなのか。もし自分が戦争に参加していたなら、死の瞬間まで、こういう鈍感さが続くのであろうか。

担送車《ストレッチャー》の軋《きし》んだ車輪の音がきこえた。若い二人の看護婦が――その一人はいつかの夜、彼に「手を握る」ことの意味を教えてくれた看護婦だったが――無理矢理につくったような笑顔をうかべて部屋に入ってきた。

「さあ、出かけましょうね」

二人は彼の体を両端から持ちあげ、

「ああ、重い」

「自分で起き上っていけるよ。大丈夫」

「駄目。もしよろめいて怪我《けが》でもされたら大変」

ストレッチャーはゆっくりと動きだした。妻は仰むけになった彼の横についてくる。

「ベン・ケーシーの冒頭場面みたいだな」

彼は妻の気を引きたててやるため、わざと陽気な声でいった。大部屋の前では本間さんや開沢君たちが一列になって、こちらを眺めていた。

「明石さん。麻酔中、変なことをしゃべったら駄目ですよ」

と開沢君が言った。

何という贅沢《ぜいたく》、不意にその言葉が胸の中に浮んだ。戦争に彼がもし行っていたならばこんな贅沢は決して許されなかったであろう。妻につきそわれたり、みなから声をかけられる贅沢を自分に許容したことに明石は不快感をさえ感じた。

長い、長い廊下を渡り、右に曲り、左に折れ、彼を乗せたストレッチャーは手術室のほうに向っていた。意識はまだはっきりとして、肉体も痺《しび》れてはいなかった。

「奥さん」看護婦が言った。「奥さんはここまで、です」

それからあとは彼一人だった。手術室の大きな扉がまるで自動仕掛のようにゆっくりと開いた。白いマスクと白衣をきた医師と看護婦とがサンダルの音をカタコト言わしながら歩きまわっていた。手術室の中には乾いた音をたてて水が床を流れているせいか、初夏のような暖かさで、それは彼の体に心地よかった。車のついた硝子《ガラス》台の上にさまざまな金属の機械やメスが並んでいた。看護婦がそのメスやピンセットをいじるたびに、それは鋭い音をたてた。

「さあ、手術着にきかえましょう」

上半身を起し、裸にさせられると彼はフックで要所要所をとめる女のブラウスのようなものに着かえさせられる。

「患者さんをこちらの台に移しかえて下さい」

マスクを通した若い男のふくみ声がきこえる。

手術台の上に仰向けになり、明石はまぶしそうに眼をパチパチさせながら天井を眺めた。真白な天井になにかの影がゆれ動いている。手術の最中にぶざまな、見っともない真似《まね》をしたくない、それだけが明石の気がかりだった。

「もう眠いですか」

白いマスクをした男が彼の上に顔をさしのべて声をかけた。

「全然」

「すぐ眠らしてあげますよ」

熱いタオルで看護婦が彼の両手と両足をこすりはじめた。

「なんのためですか」

「輸血の針をさしこむのです」

その針はひどく痛かった。手の中に太い針をさしこまれたような痛さだった。

「痛た、た、た、た。痛てえなあ」

明石は思わず悲鳴をあげた。

「もうすぐ痛くなくなります」

腕にもまた針のさされるのを感じる。意識がなくなるまで、全部、見ること。全部、見ること。

「数を言いますから、復誦《ふくしょう》して下さい。いいですか。ひとうつ」

「ひとうつ」

「ふたあつ」

「ふたあつ」

「三つ」
十一、十二、十三、十四、十五になっても彼はまだ覚醒《かくせい》していた。
「随分、頑張る人だな」若い医師たちが小声で囁《ささや》きあっていた。「まだ眠らん。量をふやすか」

それから、明石の意識の糸が突然、切れた。

深い水底から浮びあがるように、彼はもがきながらうす眼をあけた。遠くから幾つかの顔がまだ輪廓《りんかく》も曖昧《あいまい》なまま、ゆっくりとこちらに近づいてくる。その顔の一つ一つと、それぞれの名前とを結びつけられず、朦朧《もうろう》としたまま明石はもどかしがった。

「終り、ました、よ」

主治医の声がきこえた。

「手術はすんだのよ」

「そうか」

大きな安心感が水面に浮んだ波紋のように胸の中で拡《ひろが》りだした。何だ。こんな……こんな簡単なことだったのか。自分は手術というものを随分、大変なことのように考えていたのに……それは苦労と名づけられるほどのものでもなかった。

そういう想念が鉛の兵隊のように明石の頭を横切り、彼はふたたび昏睡《こんすい》していった。

次に目がさめた時はもう夜だった。窓が真暗で、枕元に見知らぬ中年の女と妻が腰かけていた。

「水をくれないか」彼は弱々しく言った。

「水」

「水は駄目。水を飲むと吐くの。お医者さまから禁じられているの」

「何時？　今」

「午前二時よ」

「手術は」

「四時間かかったわ。でもうまくいったんですって」

彼はうなずき、物を言うだけの力が自分にはないのに気がついた。左の胸の上に砂《さ》嚢《のう》のように重い袋がおかれ、右足には輸血の針がさされ、その輸血の管は寝台の上にぶらさげられた丸い瓶の中につながっていた。そして鼻の穴の中には同じようにゴム管が通され、ボンベから酸素が送られていた。まるで自分自身が機械になったような感じだった。

「こちらは、附添をやってくださる中川さんよ」

妻は見知らぬ中年の女の人を明石に紹介した。その人はうなずいて、彼の額から汗をふいてくれた。

大袈裟《おおげさ》だなと彼は思った。時々、看護婦が入室して黙って脈をはかり、血圧計で血圧を調べ、痛みどめと抗生物質の注射をたてつづけにやっていく。

「大袈裟だな」

「なにが」

「そんなこと、しなくても、大丈夫だよ」

「それだけ元気なら、明石さん、いいわね」

しかし正直な話、傷口の痛みは一向に感じなかった。

手術とはこんなに簡単であっけないものだったのかと彼は幾度も幾度も思い、それを大袈裟に考えすぎていた自分が恥かしくなった。今、辛《つら》いというのはひどく咽喉《のど》が乾いていることだけであって、それ以外は傷の痛みもとられた肋骨《ろっこつ》の苦痛も全く感じなかった。ただ、多少の息苦しさが感ぜられたが、それはおそらく、胸におかれた重い砂袋のせいらしかった。

妻は彼の額にかけた氷袋をなおし、氷が溶けると、氷嚢《ひょうのう》を手にもって廊下に出ていった。するとしばらくの間、廊下の遠くから彼女が氷を割る音がきこえてきた。中年の附添婦は時々、彼の眼の中を覗《のぞ》きこみ瞳孔《どうこう》の光を調べ、それから熱いタオルで知覚のなくなった手と腕をもんでくれた。

「こげんせんと、やがて、腕が動きにくくなるとですよ」

　黙ってその動作をみつめている彼に附添婦は九州弁でそう説明した。

　窓が少しずつ白みはじめた。牛乳屋がガタガタとリヤカーの音をたてて通りすぎる音がきこえた。

「何時……です」

「四時半です」

「ぼくはかまいません。寝て下さい」

「わたしは大丈夫ですよ。これが仕事なんだからねえ。奥さんこそ疲れとられるとでしょ、休んでください」

　しかし妻は笑いながら附添婦に体を休めるように言っていた。

「病人こそ、寝んと駄目ですよ」

　彼は言われるままに眼をつぶった。そして二度目の眠りに落ちていった。

　眼がさめると、朝だった。宿直医がいつの間にか彼の胸をあけ、聴診器をあてていた。

「熱がまだ大分あるようですが」

　妻が心配そうにそう報告すると、

「大丈夫です。二日ぐらいすれば、熱も七度台にさがる筈です」

「今日は何を食べさせましたら、よいでしょうか」

「もうお茶は飲ませてもいいでしょう。食事は病院のほうで出す重湯ぐらいにしておいて下さい。それからジュースはいけませんよ」

「果物は？」

「あまり咽喉が乾くようでしたら、果物の汁をしぼって飲ませてあげて下さい」

こうした医師の言葉一つも明石の術後が順調にいっていることを示しているようだった。

「ああ、うまい」

吸口を口にあてがわれて始めて茶を飲んだ時、彼は思わず叫んだ。

「今まで、こんなにうまいものは飲んだことはなかったよ」

「食欲が出ればもう大丈夫よ」

「ところで俺は何本、骨を切りとられたんだい」

妻の顔が一寸《ちょっと》くもり、ためらうように、

「四本」

「四本、おかしいな。六本切りとると言う筈じゃあなかったのか」

「あの……」彼女は思いきったように言った。「一度に六本とると、死ぬ場合もあるんですって。だから、あと二本は次の手術で」

「次の手術？」

びっくりして彼は妻の強張《こわば》った表情を凝視した。

「もう一回……やるのか」

「ええ」

彼は眼をつぶって考えた。四本とってもこのくらいの程度だった。次はその半分の二本だ。馬鹿馬鹿しいほどのあっけなさで終るだろう。そうでも思わなければ、胸にこみあげてきた不快感はおさまりようもなかった。

「ひどい目に会わせやがる。いっそ一思いに一回ですませてくれればよかったのに。しかし、次の手術はいつやるんだね」

「一週間のち、ですって」

しかし、不安や恐怖はもう明石の心にはほとんどなかった。彼はある人が書いていた言葉を思いだした。拷問《ごうもん》はそれ自身よりも、それを待っている時のほうが辛い。手術だって同じことだ。自分がどんな状況や苦しみに会うかを予想していた昨日までのほうが、昨夜一晩よりずっと苦しかった。

「案ずるより、生むがやすし、だなあ」

「え？　何か、言って？」

「いや、何でもない」

医者は楽観的な言葉を口に出したが、二日たっても三日たっても彼の熱は相変らず八度台からくだらなかった。

「まだ、さがりませんか」

四日目になると、回診にきた教授が熱のグラフを眺めながら、小首をかしげた。

「いや、心配はいりません、これは病気のためじゃないんです。手術のショック熱とでも言いましょうか」

「熱がこのまま続いても、三日後に手術を受けるんですか」

明石の心細そうな質問に、

「そうですね」教授は少し考えこんだ。「あまり体力が消耗しているようでしたら、少し、延ばしましょう。いや、手術そのものは何の危険もないが、回復が遅れると、やはり患者さんが嫌でしょうからね」

「早く、やるべきことは、やって頂いたほうが、気分の上ではサッパリするんですが」

「ほう。気力のほうは元気ですな。それなら、こちらも安心しましたよ」

この冗談で教授のうしろにいた医学生や看護婦たちは頰に笑いをうかべた。そんな態度をみると、明石の恢復《かいふく》はよほどの突発事がない限り、もう医師たちの間では決定したようにみえた。

「退院したらなあ」彼は妻にむかってしみじみと言った。

「どこか、静かなところに一度行こうじゃないか。お前にも随分、苦労かけたからな」

「珍しいことをいうのね」

明石の頭の中にあの黄昏《たそがれ》の窓の中で、小さな手を握りあわせていた夫婦のイメージがまた横切っていった。夫婦の一致とそれぞれの孤独。

「手術室に行った日、廊下の途中で、看護婦が言ったろう。奥さんは、ここまで、ですと」

「憶《おぼ》えているわ。はっきりと」

「俺の手術中、お前は、何をしていたんだい」

妻はこちらを見て微笑《ほほえ》んだまま、何も返事をしなかった。しなかったのではない。できないのだなと明石は思った。それはとても言葉では言えぬような複雑な気持だったろう。自分も同じだった。妻がそこからは入れぬ所から手術室までは僅《わず》か二十米《メートル》ぐらいの距離だったが、その二十米がどんなに複雑だっただろう。

「こんにちは」

扉を少しあけて、開沢君と本間さんの声がした。

「如何《いかが》ですか」

術後、はじめて見る二人は懸命に好奇心を抑えようと真面目《まじめ》な表情を作っていた。

「むさくるしい顔で……失敬するよ」

「熱がさがらないんですってね、しかし心配いらないでしょう」本間さんは物知り顔に言った。「ぼくも一週間は八度台の熱がつづきましたよ」

それから彼等は少し恥かしそうに新聞紙で作った袋をだして妻に手渡した。

「生みたての卵です。これを明石さんに飲ませてあげて下さい」

二度目の手術は三日延長されて第一回目の手術が終ってから十日目に行われた。麻酔、ストレッチャー、手術室、すべてがこの前と同じ段階で運ばれた。ただ違っていたのは今度は前とはちがって、五つか、六つしか数えぬうちに彼が水に沈む小石のように、意識を喪《うしな》ってしまったことだった。

だが、麻酔もすぐさめた。手術が終ると同時に彼はすさまじい痛みに目がさめた。

それはたんなる痛みというものではなかった。鋭い鋏《はさみ》が五、六本、胸部に突きささっているような激痛に、明石は呻《うめ》き、ストレッチャーの上で体をねじらせ、苦しさの余り、酸素吸入の管を手でもぎとってしまい、看護婦がバンドで彼の大きな体を寝台に縛りつけたぐらいだった。

「麻薬を、モルヒネを」

と彼は一時間ごとに妻と附添婦にたのんだ。しかし痛みをとめるモルヒネは、三時間の間隔でしか打ってもらえなかった。そうでないと、患者の心臓を甚しく弱める怖《おそ》れがあるからだった。

(みっともない。みにくい)

痛みに歯をくいしばりながら、彼は手術前、どんなことがあっても痛いとか、苦しいとかは口に出すまいと決心したのにと、自分を情けなく思う。しかし突きあげてくる胸部の痛みは脂汗《あぶらあせ》をながしながら我慢しても、遂《つい》に呻き声となって口から洩《も》れてしまうのだった。

三日目にやっとこの痛みは薄らいできた。しかし、彼には体を動かすこともできなかった。体を動かすと削りとられた骨のあたりに稲光のように痛みが走るからだった。そして二度目の手術で明石は自分の全精力を使い果したような気持さえした。

「随分、瘦《や》せたな」

毛布から出た腕をみながら、彼は呟《つぶや》いた。

「髭《ひげ》をそってくれないか」

病人臭い顔で医師や看護婦に会いたくないという気持が心の中で働いた。妻がさしだした手鏡の中に、頰肉がすっかり落ち、困憊《こんぱい》した中年男の顔がうつっていた。それは人生の半ば以上も終ったのに、こういう状況に入ってから始めて苦しみや死や人生の意味を考えはじめた愚かな男の顔だった。顔色は鉛色で精気のない眼は黄色く濁り……。

(俺の体は、大きな傷を受けて変ってしまった。それなら、精神も少しは変っている筈《はず》だ)

しかし二回に渡る手術にかかわらず、彼の精神は一向に進歩した形跡はなかった。

(辛いなあ……)

一週間、同じ姿勢で仰向《あおむ》けになっていると背中から腰が板のように固くて辛かった。彼は自分の人生の中でもっと辛かった時期が幾度かあったことを思いだし、それと比較しながら現状をまぎらわそうとした。

熱は一向にひかなかった。ショック熱だと医師は楽観していたが、ショック熱ならもう引いてよさそうなものである。

「治りますか」

「大丈夫ですよ」

しかし明石は、なぜか、この自分の五体の感じが手術前よりも悪化しているような気がしてならなかった。

「本当に治りつつあるんですか」

「と、思います」

医師の言葉は二週間目ぐらいから、始めの肯定的な言いかたを変えて、推測的な言葉使いになっていった。明石はその言葉よりも相手の表情の動きに不安を感じた。

「あすは、雨だな」

どんなによく晴れている日でも、明石は明日が雨ならば、ぴたりと言いあてる。

「どうして、わかるの」

「明日が雨の日ならば、手術をうけた側の肩から手にかけて鈍痛を感じるのだよ、神経痛になっているんだろうね」

「お医者さまがそろそろ、手の運動を始めて下さいって。でないと、腕の自由がきかなくなりますって」

「まだ、とても、できんなあ。胸の中のすべてがバリバリ音をたてるような気がする」

熱は少しずつ引きはじめたが、しかし平熱には決して戻らなかった。彼は午後になると掌《てのひら》と手足に妙な熱さとけだるさとを感じる。

「七度四分だ」

体温計を使わなくても、天気と同じように彼は自分の熱を言い当ることができた。

VII

しかし一カ月半ほどたつとあれほど、彼を苦しめていた熱もやっと六度台をたどりはじめた。

始め、寝台からおりて便所に出かけるだけでも、肩で大きく呼吸をしなければならなかったのに、今は多少の息ぐるしささえ我慢すれば、地下の売店までどうやら買物にもいけるようになった。

ただ目方だけはたった二回の手術で八キロも減っていた。肩の肉はほとんどなくなり、手をあてると皮膚を通して固い鎖骨がゴツゴツと指にふれた。腰がまるで少年のそれのように小さく平たくなったこともわかった。看護婦室の前に大きな鏡がかけてあって、医者はそこで彼に両手の運動を命じた。手術した側の手を動かさずに放っておくと、やがてそこが固って障害者のように不自由なままになるからである。

鏡の前にたつと、自分の躰《からだ》がまるで直立した一本の棒のように長細く見え、そしてその棒の左肩だけが妙に傾いてあがっているのがわかった。肋骨を切りとられたため、背骨が彎曲《わんきょく》したのである。レントゲン写真をみると、手術をした部分が真白に片方の肺の三分の二を占めてうつっていた。

（こんな体で）明石がまず考えたことは、これからの生活にたいする不安だった。

（人並みに働くことができるだろうか）

寝台の上で肉のそげ落ちた腕をさすりながら彼はぼんやり考えた。生きるとは働くことであり、また熱い太陽の下で砂浜にねころんだり、泳いだり、酒を飲んだりすることならば、自分の生活にはいっさいそういうものは禁止されるだろう。いわば生活していないのと同じなのだ。

しかし生活するということと、生きるということとは別の意味をもっていた。生きることはこんな体でも、他の人に負けぬぐらい、いや、こんな体だから余計に生きることができるような気さえした。

「経過、順調ですな」

回診のたびに教授は聴診器をしまうと、明石の体温表を眺め、レントゲンをあかるい窓にむけて、すかし、満足そうな声で言った。

「もうあと二カ月もすれば退院できますよ」

「退院？　そんなに早く」

意外な言葉だったので、明石は思わず驚いた声をだした。

「もちろん、退院したからと言ったって療養生活は一年はつづけてもらいます。しかし一年すれば、そろそろ仕事を始められていいでしょう。二年もたてば、ゴルフぐらいやれますよ」

治ったところで半病人的な生活を一生送らねばならぬと考えていた矢先だったので、このあまりに楽天的な話を明石は信じられぬ気持で聞いた。だがすぐに、思いもかけぬ希望が痛いほど、胸をしめつけてきた。

「本当ですか」

「ええ。本当ですよ」

「夢みたいです」

するとと教授につきそっていた若い医者も看護婦長もこちらの無智《むち》をからかうように、声をたてて笑った。

跫音《あしおと》をたてて医師たちが立ち去ったあと、彼は、急いで妻に電話をかけようと思った。あれほど苦労をかけた彼女に、一刻も早く今の教授の言葉を伝えてやろうと思ったのである。

だが、相憎、妻は留守だった。

「病院に向ったのかい」

留守中、家の番をしてくれる家政婦にそう訊《たず》ねると、

「さあ、何もおっしゃいませんでしたよ」

彼は廊下を歩きながら開沢君や本間さんたち、むかしの大部屋仲間にこのニュースを知らせるべきかと迷った。開沢君も本間さんもまだ退院の見込みは医師に告げられていない。それなのに自分がこういう報告をもたらすことは思いやりがないように思えた。

（やめよう）彼は首をふった。（はっきり決まってから挨拶《あいさつ》すればいい）

しかし浮き浮きとした気持が胸の底からこみあげ、ここでの今日までの生活が二度と味わいたくない悪夢のような感じがする。とに角《かく》、自分はここで体にふかい傷をつけられ、骨もぎとられたのだ。こんな経験は一度だけで沢山だ。

彼はその時、なぜか、ふと、あの屋上から見た窓のことを心に甦《よみがえ》らせた。歯ぐきから出る血を紙でぬぐいながら、その紙をじっと見つめていた男とその妻。あれほど明石の胸に何ものかを訴えてきたあの情景までが、今の彼にはもはや自分に無縁な、関

係のないことのような気がした。

（何ということだ。この変わりようは）

明石は我が軽薄さを恥じたが、しかし今はどうしようもなく浮わついている自分を抑えることができなかった。

安静時間が終った三時半、妻が病室にあらわれた。

「おい」

彼は口に両手をラッパのように当てて言った。

「さっき電話をしたんだ」

「そうでしたの。何かあったんですか」

「今日、回診で二カ月後に退院してもよいと言われた」

「まあ」

妻の顔に急にあか味がさし、彼女は言葉を喪ったまま黙っていた。

「今年一杯はゆっくり静養しなければならないが、一年たてばゴルフもできるそうだ」

「本当ですか」

本当ですかと問いかえした妻の顔を見ながらさっき同じ質問を医師にした自分を思

いだす。

「本当だとも。しかし骨がないのにゴルフのボールを飛ばすことができるだろうか」

彼はそう言って一人で大声で笑った。

散歩が許されるようになった。まだ時折、手術した胸部にしびれるような痛みを感じることがあったが、その感覚にも少しずつ馴《な》れてきた。けれども、始めの頃は病院の構内を一周りしただけで、どうにもならぬ息ぎれと貧血に襲われた。

「いち時にやらずに徐々に体をならしていくことですな」

と主治医は事務的に言う。

「しかし無理をしちゃあいけませんぞ」

退院検査の予定日が一日一日と近づいてきた。この検査は手術のそれと同じように肺活量を調べたり気管支の中に造影剤を流し入れて写真をとるものだった。

「退院したら、一カ月ほど、箱根でも行きたいな」

看病でくたびれた妻にたいする慰労の意味も含みながら明石はひとり言のように、

「随分、迷惑をかけた、お前にも」

「珍しいことを言うのね」妻は笑った。「そんな変なこと言うと、退院が遅れますよ」

「縁起でもない。もうここでの生活はコリゴリさ」

やがて自分がすっかり体が恢復《かいふく》した時、ここでの生活はどういう形で思いだされるだろうかとふと思う。窓から見える病棟、病棟のしずかな黄昏、真夜中ふと眼ざめて手術を考えた時のこと。手術の朝、手術の夜、数えればきりのないほど、さまざまなものが彼の胸に一時に甦ってきた。それらの出来事が自分の裡《うち》でどういう風に根をおろし、どういう風に自分の一部分になったのか、わからない。その点では彼は次第に自信さえ喪ってきた。

考えてみると彼の心情が手術という出来事を前にして暗澹《あんたん》とした色に塗りつぶされていた時、明石は病院で起るどんな些細《ささい》な出来事にも何か心に訴えてくるような感じがしていた。夕暮、屋上から眺めたひとすじの煙突の煙、まひる、風に光っていた緑の葉々、そしてあの夫婦がしっかりと手を握っていた窓の中の風景、手を握られることによって呻くのをやめた患者の話、それらはあの頃には明石にとっては切実な意味を持っていた。

だが今、事態が急に変った。自分の恢復が保証され、退院がまぢかになり、あかるい悦《よろこ》ばしい診断が医者から通告されると、あれほど意味のあったものが、突然、引潮のように遠くに遠くに去っていった。彼は自分の意識がそうしたものをすべて嫌《いと》わしい死の臭《にお》いのように眼に見えぬ地点に追い払おうとしていた。

（一体、どちらの自分が正しいのか）

彼は退院までの毎日を一種のうしろめたさで過した。そう、それはたしかにそれはうしろめたい感じだった。何か自分の義務を怠ったような非誠実な思いだった。

夏の匂《にお》いは毎日、毎日、昼近くなると病室に急にのびてくる陽差しによって感じられる。中庭には夾竹桃《きょうちくとう》の花が暑くるしく咲いている。安静時間になると、病棟は全体がまるで人影のない温室のようになる。時々、足音をしのばせて看護婦の歩く気配だけが、ベッドで汗をぬぐっている患者たちにわかるのである。

退院検査を明日にひかえた日、明石はその安静時間にただ体を横たえたまま、自分の指をぼんやりと眺めていた。

その時、明石は急に咽喉《のど》のあたりに魚の骨の突きささったような異常感をおぼえた。咳《せき》こもうとして明石は紙を口に当てながら、突然、ある恐怖に捉《とら》えられた。

（この異常感には記憶がある）

眼《ま》ぶたの裏に同窓会の夜、旧友と出かけたあの騒がしい酒場が浮かんだ。洗面所でうつむいた時、咽喉もとにまさしく、これと同じような感覚を感じたのだ。

（馬鹿《ばか》な）

手術をうけ、医者から退院まで保証された自分にふたたび同じ情況が襲ってくるとは考えられなかった。咽喉のむず痒《がゆ》さはもう我慢できず、彼は口を紙で抑えたまま咳をした。

血である。紙についた血の色が刃のように鋭く、彼の眼を刺す。しばらくの間、その鮮血の色をじっと眺めたまま、茫然《ぼうぜん》としていた。

病棟は静かである。窓から流れこむ陽の光はリノリュウムの床に反射している。

(どうすれば、いいのだろう、俺は)

瞬間、彼の頭に妻の顔がかすめていった。退院を知った時の妻の笑顔は次第に大きくなり眼の前に拡《ひろ》がってきた。

(落ちつけ。冷静に事を処理することだ)

彼はしばらくの間、体をじっとしたまま、第二回目の異常感が胸からこみあげてこないかと待っていた。しかし、それらしい気配がないので、手をのばし、ベッドの端にむすびつけてある呼鈴のボタンを押した。その呼鈴は看護婦室に通ずる筈である。

まもなく、遠くから跫音がこちらに向ってやってきた。

「どうしたの、明石さん」

それはいつか、彼と真夜中の廊下ですれちがった看護婦だった。

「どうしたのよ」

「これ」明石はさっきの紙を示すと「しくじっちゃったんだよ」

看護婦は小さな叫び声をあげた。

「じっとしているのよ。ものを言っちゃ駄目。今、先生を、すぐ、呼んできますからね」

身をひるがえすと彼女は、入ってきた扉から姿を消して小走りに廊下を去っていった。

明石の知らぬ若い医者が当惑した顔を出した。彼は看護婦からゴム管を受けとると、それで明石の腕をきつく縛り、注射をやった。

「主治医の先生に、連絡とったか」

「今、研究室に電話をかけたんですけど、お見えにならないんです」

「図書館のほうに居るかも知れない。しかしこれは、不意をうたれたな、不意を」

若い医者は明石に言いきかせているのか自分に呟《つぶや》いているのかわからぬ口調で、そう繰りかえしていた。

「とに角《かく》、教授の指示があるまで、安静にしていて下さい」

絶対安静の日が続いた。扉には面会謝絶と書いた紙がはられ、彼はまた一日中、寝台の上から一歩も外に出ることを許されなかった。何もかもが、最初からやりなおしのようだった。

いや、最初の頃よりずっと事態は悪いことが明石にもよくわかった。まだ手術を受けていない時と手術を受けたあとでは体力も肺活量にも差があった。多くとも肺活量二千五百しかなくなった肺に次の手術はすぐ行うことは危険なぐらい、素人《しろうと》にもよくわかった。

「始めから二年、三年、療養の覚悟だったんですもの、そのつもりで、やりなおしましょうよ」

妻は彼のしくじりを聞いた時、ベッドのそばで、まるでそれが当然のような顔をして言った。ことさらに慰めてくれたり、悲愴《ひそう》がらないように彼女が努めていることが明石の胸にじいんと伝わってくる。自分よりも烈《はげ》しい失望と落胆を感じたにちがいないのに、彼女は一寸《ちょっと》だけ強張《こわば》った表情をみせただけで、あとはいつものように冷静を装《よそお》っていた。

むしろ、彼が軽い憤《いきどお》りを感じたのは医者のほうだった。

「手術の失敗じゃありませんね。明石さん。少し、退院にうかれて騒ぎすぎたんじゃありませんか」

教授はわざと明石をなじるような言い方をする。

「私が騒いだか、どうか、看護婦さんに聞いて頂きましょう」

流石《さすが》にムッとして彼が言いかえすと、

「いや。こういう例は千人に一人ですからな。普通では考えられんのです」

手術を施行した教授としては、どうしてもこの不測の事態を手術自体の不成功とは見たくないのであろう。その気持はわかるが、もう少し言い方があるだろうと思われる。

「これから、私は、どうすればいいんでしょう。もう一度、手術は可能でしょうか」

「経過をみて、その上できめましょう」

教授は曖昧《あいまい》な言い方しかしない。曖昧な言い方しかしないということは医師側にもまだ治療方針が立っていないように思える。それが明石を余計に不安にさせた。

（二年後にはゴルフか。夢をもたせられて、突きおとされた感じだな）

崖《がけ》の上にやっと這《は》いのぼった男が、その崖に手をかけた時、突き落されたような絶望感が毎日毎日、彼を苦しめる。

（こういうことになるのなら、退院だの、恢復だのと言って、ぬか悦びをさせなけれ

ばよかったんだ)

明石には明石で言い分があった。このしくじりのあと一週間して撮ったレントゲン写真には、手術後の写真と比べて別に新しい病巣《びょうそう》も発見されなかったからである。つまり数本の骨をとったに拘《かか》わらず、彼の最初からの空洞は一向に治癒の方向に向いていなかったということになるのだ。

「何しろ、レントゲンというのは、物の影をうつすだけなのでね」

大分たってから、主治医を命ぜられている若い医者がやっと彼に告白した。

「専門医だって、見まちがうことが多いんですよ」

見まちがったのなら、見まちがったと何故《なぜ》正直に言ってくれないのか。すべてをオブラートに包んで、事態を誤魔化しているような病院側の態度が明石の心をひどく傷つけた。

(医者なんか、当にならないな)

真夜中、闇《やみ》の中で眼をあけながら、ふとそう思うことがある。そうは思うが、その当にならぬ医師にこれからも万事、指図を仰がねばならぬ——この矛盾をどう自分に納得させればいいのだろう。

「でも、あなたを手術してくれた人たちは」

と妻がある日、ぽつんと言った。

「みなあなたを治そうと考えていたのよ。そう努力して下さったことは確かだわ」

「そうか。そうだったな」

明石は眼から鱗《うろこ》でも落ちたような気持がした。医学というものは我々の世界の中で最も具体的に人間が悪を克服しようとしている学問だ。医者たちは妻の言う通り、明石の病気にたいして手を合わせて闘ってくれた筈《はず》だ。結果がどうであれ、その努力ははっきりと認めねばならぬ。人間が他人にたいして善意をもって何かをやると言うことが、ほとんどないこの世界で、自分は少くとも幾人かの人々から（たとえ、それは職業的義務であったにせよ）一つの善き方向にむいている手助けを受けたのである。（もし、俺が兵隊に行っていたら、立場はこれと全く反対だったろう。戦争は、一人の人間を殺すための共同作業だ。しかし医療は一人の人間を肉体的に助けるための共同作業だ）

彼は二度と医者たちに不平を言うまいと決心した。

五日目にまた小さな喀血《かっけつ》があった。小さな喀血はその日からまるで一日に必ず行われる日課のように、一度は必ず襲ってきた。

体温は午前十一時ごろから、きまって上昇しはじめた。別に計ってみなくても彼には自分の掌《てのひら》のあつさだけで、

「六度九分」

「七度一分」

「七度五分」

そう正確に言い当てることができた。そしてその予想が事実体温計によって裏づけられると明石は思わず、にっこりと笑った。これは彼にとってむしろ楽しい遊びとなった。

体が少しずつ消耗していくのも良くわかった。それは朝、目ざめた時の言いようのないけだるさで推しはかられるのである。手術の上にうち続く熱との闘いで、彼の体は心と同じように衰弱していた。

「さがりませんなあ。熱が」

次々と新しい抗生物質が投薬されるのに、ふしぎに明石にはききめがない。今まで使用してきたストレプトマイシンもヒドラジッドも何故かこの熱をさげなかった。

「思い切って、副作用は多少あるかもしれないが、明日から新しい薬を使ってみます」

と医師は遂《つい》に、一三一四というまだ手に入れにくい新薬の名を彼に教えた。それは一三一四回目の実験でやっと発見されたという外国の薬だった。

だが、この薬を飲んだ翌日、明石は烈しい吐き気と眩暈《めまい》とを感じた。まるで船酔いに苦しんでいる気持だった。困ったことにそのために彼は全く食欲を失ってしまった。妻に叱《しか》られ叱られ食事を口に入れても、こみあげてくる吐き気でどうにもならない。

「先生に言ってくれないか。あの薬は俺にはとても我慢できない」

投薬はただちに中止された。中止されると驚くほど早く吐き気も眩暈も消滅した。

「困ったな。これでは、手のうちようがない」

その時若い医者が不用意に看護婦に洩《も》らしている言葉が廊下から聞えてきた。手のうちようがないというのはこの際医者として実感だったに違いなかった。

まさか、このまま衰弱して死ぬとは思わなかったが自分の病状が容易ならぬ状態だということを明石も認めざるを得なかった。おそらく三カ月や四カ月いや半年や十カ月で一度は出かかったこの世界から、ふたたび出られるとは、もう思えなかった。

「退院が少しのびましたなあ」

医者は彼を慰めるようにそう言ったが、

「では、今度はいつ頃、退院できるのですか」

冗談めかして明石が訊《たず》ねると、

「そうですねえ。まあ、気長に、のんびりやりましょうや」

曖昧な口ぶりになった。

明石はその時、自分が一度、浮わついた心から棄《す》てかけたもの――黄昏《たそがれ》、乳色の空に真直《まっすぐ》のぼっていく煙突の煙。窓の中の夫婦、風にひるがえる若葉――病院生活の中で彼にたえず何かの問を問いかけながら彼がまだその意味を捉えられなかったそれらの事物の世界に、自分がひき戻されたことをはっきりと感じた。

それらの事物は、自分たちを忘れてふたたび浮わついた生活に戻ろうとした明石に警告を与えたにちがいなかった。事物は明石の足にしがみついて、もう一度、しかし今度こそは決定的に彼等が囁《ささや》いているものを捉え、その声を聞くことを要求しているようであった。

(そうか)と明石は思った。(そうだったのか)

絶対安静の毎日は、健康な人の感覚から言えば、何の変化もしない時間の流れにすぎない。だが、明石にとっては、病床六尺の小さな世界にも一時間一時間で、眺めるべき動きがあった。

窓からさしこむ陽の光は午前十時と十一時とではその強さも影も少しずつ違ってく

る。埃《ほこ》りを浮かべながら床の一点をめがけて集っているその光の束をじっと眺めているると彼は、急に少年時代の病気の日を思いだす。風邪をひいて学校を休まされ、糊《のり》のよくきいた布団《ふとん》カバーの匂をかぎながら、今と同じように障子の隙間《すきま》から流れこんでくる光の束をみつめていた三十年前のことを長い長い間、もう消滅したもののように忘れていたのに、それは鮮やかに心に甦《よみがえ》ってくるのだ。鮮やかに——そう、畳の色、天井の色、部屋の臭い、どこかで聞えてくる羅宇屋の音（羅宇屋などはもう東京のどこにもなくなっているだろう）そうした一つ一つまでが、細かく、はっきりと、まるで眼の前にあるかのように明石の前に拡がる。彼はそれを嚙《か》みしめる。今日は七歳の頃の思い出を嚙みしめよう。今日は十歳の時のことを心に甦らせよう。

すっかり忘れたと考えていた彼の過去はこうして、まるでうず高く積みあげた日記帳のように——いや、日記帳よりも正確に自分の意識の底に集積していたことを明石は始めて知った。

思い出を触発さすものは何でもよかった。寝台からみえる窓のよごれ、天井についている何かの染《し》み、床の一点、いや、遠くで聞える軽症患者の笑い声——それら日常生活では全く取るに足りぬものが、この時、明石の過去をふり動かす鍵《かぎ》となった。

「毎日、毎日、そう動かずに寝ていてよく飽きないことだね」

病院の掃除婦がある日、感心したように箒《ほうき》を動かすのをやめて、彼の顔をみた。

「テレビでも借りたら、どうかしら」

明石は微笑《ほほえ》んで首をふった。彼は決して退屈などしていなかった。退屈どころか、事物が自分に次々と触発してくれる今日までの思い出をまるで牛のように反芻《はんすう》しながら、彼はそこに意味を探りあてようとしていた。意識の底に埋れてはいるが、決して喪《うしな》われていないさまざまな無数の経験——それはまだ彼の裡《うち》にあって秩序もなく、統一もなく、まるで手をつけていない図書館の倉庫のように乱雑にちらかっていた。

そして今からそれに秩序を与えるのが彼の仕事だった。だが、どんな秩序を……

時間はたっぷりとあった。


彼はこの経験が全く無意味なものならば自分の人生もまだ無意味なのだと思う。無理矢理にそこに秩序をつけることは慎まねばならぬが、しかしそれら乱雑にみえる過去の思い出のすべてが、ちょうどオーケストラの始まる前のように今はそれぞれ勝手な音をたてているがやがてそれは一つの交響曲に融《と》けこむために存在している気がしてくるのだった。

事物はこうして今まで忘却という闇の中に放擲《ほうてき》していた明石の過去をふたたび現在

ぼってゆくのではなかった。それは亦《また》あの黄昏の空に真直にたちのぼっていった煙のように、彼に一つの問いを投げ与えてきた。それは疼《うず》くほど答えるのがもどかしい問だった。もちろん、彼にはそれに応ずるだけの何ものも持っていなかったが、しかし確実なことは事物が次第に彼とはこのような形で関係を持ちはじめてきたことだった。

「すまないが」

ある日、彼は、自分の横で雑用をしていた妻にたのんだ。

「屋上に行ってくれないかな」

「屋上に？　何かあそこに用でもあるの」

「用っていうほどでもないが」

彼は妻に笑われるだろうと思いながら、

「屋上から第二号病棟が右にみえるだろう。あそこの二階の一番、手前にある窓を見てきてくれないか」

「どうしたのよ。藪《やぶ》から棒に」

「たのむよ」彼はわざとおどけた振りをして、寝台に横たわったまま両手を合わせた。

「第二病棟の二階の窓ね」

「そうだ。一番、手前の」

妻は少し怪訝《けげん》そうな顔をしたが、それ以上何も追及せず、部屋を出ていった。

眼をつぶったまま、明石はじっと彼女の帰りを待っている。

「どうだった」

「一番、手前の窓でしょう」

「間違わなかったろうね」

「夕陽があたっていたわ」妻はまるで憶《おぼ》えている唄《うた》でも歌うような調子で言った。

「そうか、夕陽が当っていたか」

「そしてね。硝子《ガラス》がキラキラ光って、髪を長くした女の子が、窓ぎわで外を眺めていたわ」

「いくつぐらいの女の子だ」

「七つか。八つぐらいかしら。可愛《かわ》いい寝巻を着せられて」

「そのほかに誰もいなかったかい」

「誰も見えなかったけど。本当に、あの女の子のお母さんはどうしたんでしょう」

「そうじゃないんだ。俺ぐらいの年齢の患者がベッドに寝ていなかっただろうか」

「いいえ。でも、どうして。お友だちになった人なの」

「そうじゃないんだ」

そうか。あの人は、自分が退院で浮わついている期間に息を引きとったわけか、明石は仰《あお》むけになったまま眼をつぶった。眼《ま》ぶたの裏に、寝台に被《おお》いかぶさりながら若い細君が夫の手をとっていたあの風景が、鮮やかに浮かんできた。それはその眼ぶたの裏で、もはや動くことのない風景となっていた。

「帰りがけに、例の坊やにあったわ」

「例の坊や？」

「いつか話してあげたでしょう。人工肛門《こうもん》を作った可哀想《かわいそう》な坊やよ」

「ああ……」

「一応、退院するんですって。附添さんがこちらが訊ねもしないのに教えてくれたのよ。また来年、入院して手術するんですって」

妻は別に悪気もなく今、自分が耳にしたことを明石に報告しただけにちがいなかった。しかし突然、彼は胸の底から、言いようのない烈《はげ》しい憤《いきどお》りに捉《とら》えられた。それは憤りという以上に、自分でも制禦《せいぎょ》できぬ感情だった。

「そんな馬鹿《ばか》な。なぜ、その子は、毎年毎年、助かりもしないのにそんな手術を受けなくちゃならないんだ」

怒鳴りながら、彼は眼から泪《なみだ》が溢《あふ》れてくるのを感じた。泪は眼ぶたから頰を伝わった。

「なぜ、罪もない子供がそんなに苦しまなくちゃ、ならないんだ」

妻は驚いたように後すざりして、手をふった。

「興奮しちゃ駄目。どうしたのよ。あなたらしくもない」

「ああ」

うなずきながら、しかし明石の心からは何故という言葉は次から次へと浮かびあがってきた。なぜ、その子は毎年、苦しまなくてはならないのか。なぜ、あの人とその妻は死にうち勝つことはできなかったのか。なぜ、黄昏、煙は無意味に乳色の空に立ちのぼっていくのか。

Ⅷ

昼すぎ、開沢君が嬉《うれ》しそうに笑いながら彼の個室に入ってきた。

「おや、まだ食事をたべていないんですか」

「食べたくなくてねえ。今日はまた微熱が出たらしくて、食欲がないんだ」

寝台の横にある物入れ台の上にはまだ食器に手のつけられてないアルミの盆がそのまま置かれてあった。

「食べなきゃ、いけませんよ」

開沢君は義務的にそう忠告したが、またすぐ頬をほころばせて、

「明石さん。ぼく、今日、もう退院をしてもいいって突然言われたんです。この間、撮ったレントゲンでもう大丈夫だろうという判定が出たんです。古川さんも同じように退院許可がでました」

それから、自分のこみあげてくる幸福感をどうしても心の中で抑え切れぬらしく、

「林先生からそれを聞いた時、体中がシビれましたよ。ワァッと叫んで廊下を走りまわりたい気持だった」

そこまで言って、まだ今後の見通しさえつかぬ明石の気持にやっと気がついたらしく、

「すみません。でもさ、明石さんだって、今の俺と同じようになりますよ」

「そうさ。そうならぬと第一、困るからなあ。しかし、それにしてもお目出度《めでと》う。で、本間さんはどうしている」

両肺に病巣《びょうそう》があって、長期療養を強いられている本間さんがこのニュースをきいてどういう気持だろうかと思った。

「ええ。本間さん、俺と古川さんが退院ときまったら、一寸《ちょっと》ガッカリしてね、寂しい寂しいと言っていました」

「そうだろ。そうだろうなあ。で、お父さんやお母さんには知らせたの」

「今、電話かけに行く所だったんです」

そう言って扉から姿を消して駆けていく開沢君の悦《よろこ》びの感情が、スリッパの音を通して明石の胸にも伝わってきた。

彼は開沢君や古川さんと同室の本間さんの心情を考えた。自分はほんの僅《わず》かな間しか、あの大部屋にいなかったから、さほどではないが、あの三人は長い間、同じ部屋で共通した病気によって結ばれていたのである。だが今、その結合が切れてしまい、二人は恢復者《かいふくしゃ》となり、本間さんだけがまだ療養者として残され、つまり他の社会と同じように勝った者と、まだ勝てない者との隔りができてしまったのだ。

四日後、この二人を送る送別会が開かれた。送別会といっても、病院の中のことだからベッドを二つ合わせて机がわりにして、その上に菓子袋やジュースの瓶を並べるだけのコンパだが、それでも開沢君や古川さんは幸福そのものの表情でしゃべりあっていた。明石はむしろそれに調子をあわせて、一生懸命、笑っている本間さんが気の毒なので、

「俺と本間さんも必ず、今度は退院してみせるからな」

「その時は、ぼくたち、必ず娑婆《しゃば》から病院に駆けつけますよ」

「いいよ。いいよ」本間さんは少し寂しそうに笑いながら「一度、退院した以上、もうこんなイヤな場所には二度と来るなよ」

「いや、ぼくは絶対にくる」開沢君は首をふって「しかし、考えてみると、やはりこの一年間、病院はイヤな場所だったなあ」

消燈前《しょうとう》に送別会を終えて別室から来た連中もそれぞれ、自室に引きあげていった。

明石が洗面所に寄って、手を洗っていると誰かが扉を押して中に入ってきた。ふりむくとさっきの本間さんだった。

「遂《つい》にとり残されましたね。一寸、このシャボンを借りていいですか」

本間さんは彼の横にならんで、そう言うと手をゴシゴシ洗いはじめたが、

「ぼくもねえ。明石さん。退院しようかと考えているんです」

急に顔をあげて言った。明石は驚いて、

「しかし、あなたの場合は、私と同じように、許可がまだ出てないじゃありませんか」

「ええ。だからこちらで申し出ようかと」

「なぜ」

「なぜって、もうぼくは三年の入院生活ですよ。医者は口を濁していますが、当分、治癒の見込みもないでしょう。もう何だか、疲れちゃいましたよ。それに開沢君も言っていたけれど、ここの生活は毎日毎日、クレゾールと死の臭《にお》いのする世界です。これ以上あの臭いに我慢できなくなってきました。肺の奥まであの臭いがしみこんで、今までは仲間が一緒にいてくれたから何とか気もまぎれましたが、これからは独りぼ

っちで辛抱していかなくちゃならない。明石さんだって経験があるでしょうが、夜なんかふと眼を覚ました時、闇《やみ》の中で眼をあけて、あれこれ考えこむ気持——あれ、もう、沢山なんです」

明石は本間さんの顔をじっと見つめて、ああ、この人も自分と同じような経験を毎晩もったのだなと考えた。彼自身もそんな夜、本間さんの言葉をかりるならば、あれこれ、思いをめぐらす苦しさを幾度、味ったことか。

「しかし、本間さん、結論を早く出すのはいけないな。一生の問題になるかも知れないんだから、熟考して熟考しすぎることはないと思うけど」

「もちろん、わかってますよ。ええ、おっしゃる通り、よく考えてみます」

病室に引きあげて毛布をあごまで引きずりあげた時、

「消燈ですよ」

巡回の看護婦の声がいつものように廊下から聞え、部屋の中は真暗になった。

(闇の中で眼をあけ、あれこれ考えこむ気持——あれは、もう沢山なんです)

本間さんの言葉がゆっくり、彼の脳裏を横切っていった。人々が死ぬために生きるためかの、どちらかで住んでいるこの場所。人々が自分の死や自分の生を考えこむように仕向けてくるこの建物。煙はなぜ、黄昏《たそがれ》の空に真直《まっすぐ》にたちのぼるのか。彼は植木鉢のかげで妻と手を握っていた。それは何故《なぜ》か。何のためか。

(俺は居すわってやる)

突然、明石は荒々しく毛布を蹴《け》って、寝床の上に起きなおった。闇は彼の前で破ることのできない大きな塊りのように突っ立っていた。

(俺は居なおってやる。本間さんのように逃げるものか。俺がここで喪った時間を、娑婆では決して通過することのできない時間にしてやる)


この頃、医者たちは彼の治療法について各人各説という状態らしかった。新しい抗生物質が使えるならまだはっきりした希望もあったろうが、しかし副作用が明石の場合あまり強すぎるために、この希望も絶たれてしまったのである。

「まあ、経過を見てみましょう。なに、まだまだ、色々、打つ手はありますよ」

回診の時、教授は彼の体に聴診器をあてながらそう言うが、明石にはその言い方に何か気休めのようなものしか感じない。

経過を見てみましょうというのは、この際、どうしてよいか、わからないと言う意味であり、色々、打つ手はありますよというのは、消極的な現状維持の手段しか残されていないということだと彼は思った。

一体、どうして、こんな所まで追いつめられてしまったのか。明石自身にもそれはさっぱり理解できなかった。兎《と》に角《かく》、ついこの間までは、彼の手術は順調にいった筈《はず》であり、退院もすぐ間近という話だった。そして彼がその悦びに浸っていた時、事態は一瞬で変ってしまったのである。

教授も医師も、もはや、自分たちが一カ月前に楽観的な判断を下したことなど、もう一度も口に出さなかった。出さないだけではなく、今となって、

「あなたの場合は病状が色々、複雑なので」

そんな弁解がましい言葉さえ口に出すのである。彼等に自信が少しずつ失われてきたことはその口ぶりや態度から、明石にもはっきり感ぜられた。

明石は毎日、寝台の上から曇る空、よごれた病棟をぼんやり眺めていた。思案と言ってこれといって名案がうかぶ筈はなかった。

「ねえ」

いつもは病院にきても決して悲観的な言葉を口に出したことのない妻が彼のその横顔をじっと見て、

「あたし、ここの病院からレントゲン写真を借りだしたいの」

「借りだして、どうする」

「S大学やM大学の有名な先生たちのところを廻って、どうしたらいいか聞いてみたいんですけど」

「しかし……ここの病院じゃ、気を悪くするだろう」

「そうねえ……でも、そんなこと、もう気がねしている時ではないんじゃない」

「そうだな、そうしてみるか」

明石はもし、ここの医者たちが、そうした手段に気を悪くするならば、それは彼等が治療に自信のあるためであり、もし貸出を許可するなら、自分たちでも心もとなく感じているせいだと思った。

「あたし、今、看護婦室にいって頼んできます」

妻はスリッパにはきかえると部屋を出ていった。

「いいですよ、と先生はおっしゃったわ」

「そうか」明石は手で肉のおちた頬をなぜながら「やっぱりねえ」

「何が？」

「いや、何でもないのだ」

翌日から毎日のように妻は色々の大学の病院をまわることになった。都内の大学病院だけではなく、人から教えられればどんなに小さくても、どんなに遠くても専門医の所をたずねていくつもりらしかった。

（そんなにまでしてくれなくてもいい）

明石はそう口では妻に言いながら、しかし自分と同じように、いや自分よりもっと暗い気持でレントゲン写真をかかえながら、あちこちをたずねまわる彼女の姿を想《おも》いえがいた。

夫婦の間柄では、あたり前のことだと言えばたしかにそうかも知れない。夫が病気の時、妻もその苦しみを分ちあうのは当然だと言えば当然にちがいなかった。しかし、当然では片附けられぬものを明石はその時、感じる。

彼と妻とは平凡な見合結婚だった。恋愛らしい恋愛一つできぬ男と、同じように内気な娘が仲人《なこうど》のすすめにしたがって、見合をし、特にお互いにこれといった不満も感じなかったゆえに結婚したにすぎない。

（もし、あの時、彼女が俺とは別の男と見合をしていれば、あいつは、きっとその男と結婚したろう）

明石はそう考える時、いつも人生や人間の交りのふしぎさを、その馬鹿馬鹿しさと一緒に思うのだった。それは決して妻を非難する気持からではなかった。自分だって、もし妻より先に別の娘と見合をしていれば、余程の事情のない限り、その娘を妻にしたにちがいなかった。

（あいつは、偶然、その時、俺と結婚したために、今後も、一生、病人の看護をしなければならぬかも知れぬ）

すると――そういうことを思いだすのに恥かしさと照れ臭さとを感じたが――結婚当初の頃のまだ娘々した妻の姿が急に心に甦《よみがえ》ってきた。

結婚した頃、中野の古い家の二階を借りて住んでいた。下には家主の老女が二人と、その老女たちの甥《おい》にあたる青年がいて、庭には手入れの行き届かない雑木がいっぱい茂っていた。

明石たち夫婦は二階の手すりによく布団《ふとん》を干した。まだ若かった頃の妻を、その布団の干してある手すりを背景にして写真をとったことを憶《おぼ》えている。

この家のあたりは、昼日中など、遠くの人の靴音がきこえるほど静かだった。ねむたくなるような午後、東京ではもう珍しい羅宇屋がゴトゴトと車を引きながら通りすぎることがあった。

金魚、金魚い。

金魚屋だけではなく、竿竹《さおだけ》屋や、花の球根を箱に入れて売りあるく男などが時々、この住宅街にあらわれた。

土曜日になると明石は会社から少し早目に帰宅し、晩飯をすますとすぐ、妻をつれてよく駅前の映画館に出かけたものだった。そのかえりに映画館から一丁ほど離れた今川焼を売る店で、今川焼を買い、それを夫婦して食べながら真暗な道を戻ったものである。

今、妻にその頃の思い出を話す気持はない。

「あいつも、すっかり変ったなあ」

天井を見ながら彼はぼんやり考える。妻は肥《ふと》り、眼には小皺《こじわ》が寄ってきた。近頃は、病院にくるたびに、疲労の隈《くま》が黒く眼の下に浮かんでいるのを見ることがある。彼が眠れない夜、妻もまた眠れないにちがいない。あの小皺、あの眼の下の隈どり――それを見るたびに彼は、そこに自分を感じる。

一週間ほどの間に妻は、四人の医者を訪ねて、夫のレントゲンを見せてまわったが、その結果はかんばしくはなかった。

四人の医者のうち二人は、このまま、経過を当分みたほうが安全だろうと言い、他の二人は、即刻、第三回目の手術にふみ切るべきだと言った。

「その手術で、必ず、治るんでしょうか」

「さあ、そこまでは何とも言えません、しかし」

手術をすすめる方の医者は困ったように、

「うまくいけば、そうなるでしょう。しかし、絶対大丈夫とも保証できませんよ。奥さん。とにかく、これは相当、二回の手術の失敗でむつかしい状態になっていますからね」

二回の手術の失敗という言葉をその医者は口に出したのである。

「しかし、このままだと、治る見込みはなかなかないでしょう。悪くすると一生、寝たり起きたりの生活を続けるでしょう」

妻からその報告をきいた時は黄昏だった。病室の中には陽にやけたカーテンを通して、西陽が容赦なく差しこんでいた。

「そうか。このままでは、一生、寝たり起きたりの生活だと言ったのか」

「ええ」

妻は体中の力がぬけたように、枕元《まくらもと》にただ一つおいてある木の椅子《いす》に腰をおろした。

「しかし、手術をしても、必ずしも成功するとは限らないんだな」

「ええ。でも成功する可能性も、もちろんあると言うわけなのよ」

「失敗するとは、手術死の危険もありうる。そうその先生は君に話したのかね」

妻は黙っていた。黙っていると言うのはつまり彼女が肯定している証拠だった。そういう時、彼女がよくそうするように、両手を重ねて指を一本一本動しながら、ただ、それをじっと見つめているだけなのである。

彼は自分のためというより、一人の女に、この辛《つら》さを今、味わせつつあることが、たまらなかった。一本の藁《わら》にでもすがりつく思いで、あちこちの病院や医院を歩きまわった彼女が結局、知らされてきたのは、予想以上の暗い診断だった。

「大丈夫だ」

彼は妻の心を引きたてるために叫んだ。

「必ず、俺は治るよ」

「え?」

驚いたように妻はこちらを眺め、それから口もとに哀《かな》しげな微笑をうかべた。

「君にいってもらって、やはり良かった。これで決心がついたもの」

「手術を亦《また》、受けるんですか」

「もちろん」

明石は自信と確信あるもののごとく、うなずいてみせた。

「手術が成功するか、どうかはわからぬ以上、これは一つの賭《か》けだ。そう、悪い目ばかり出はしまい。三度目の正直という言葉もあるし」

「あなた、そう結論を急がなくても」

「いや、こういうことは、事務的に片附けていったほうがいい」

彼はしかし心の片一方ではこの賭が裏目に出る場合をも考えていた。しかし、寝たり起きたりの生活を今後一生つづけねばならぬのなら、可能性のまだ残されているうちに骰《さい》は投げておかねばならぬ。それは自分のためにも妻のためにも、なさねばならぬ決心だった。

「でも、あと二、三日、考えてみたら。あたし、もう二人ぐらいお医者さまを廻って、更に御意見を伺ってくるから」

「いや、もう、どこへ行っても同じだと思うよ。慎重策を選ぶか、危くても積極策をとるか――俺も今日までグズな男だったが今度だけは、勇しく手術台にのぼってみせますよ」

彼が冗談を装《よそお》って笑うと、妻も笑った。ああ、これが夫婦だと何故か明石は急に思った。夫婦とはこういうものだった。

だが夜になると、またあの闇が彼の折角の決心を動揺させはじめた。思い切りよく手術に踏み切ったために元も子もなくなってしまったら、どうするのだという声が頭の奥で彼に言いつづけていた。

(手術死の危険は今度の場合、非常に多いのだぞ)

その声は決してウソを言っているのではなかった。それだからこそ妻の尋ねた医者たちの半分はこのまま慎重に経過を見たほうがいい、そう言っているのだった。

(それを何故、危い眼に自分で進んで渡ろうとするのだ)

そんな時、明石は、自分が行かなかった戦争のことを考えた。彼がもし、戦争に参加していたならば、今のような躊躇《ちゅうちょ》は決して許されなかっただろう。死ぬのが怖《おそろ》しいと言って攻撃をためらうことは、兵士の倫理にはなかった筈である。

こんな比較はもちろん、粗雑なものだと明石にだってよくわかっていた。しかし彼には病気になる前から、戦死した友人たちにある意味で、生きていることの申訳けなさを感じていた。彼等が暴力や死に怯《おび》え、血を流していた時、自分だけが兎も角もその事態から脱《のが》れていたことは彼に恥かしさを与えていた。だから病院での毎日や手術の痛みに耐えることは、幾分かは彼をホッとさせるのだった。

「そうですか。他の病院の先生たちはそう言いましたか」

主治医は指の爪《つめ》を嚙《か》みながら、彼の話をきいたあとで、しばらく考えこんでいたが、

「教授にお伝えしておきます」

「お願いします」

「明石さん御自身は、手術を希望されるのですね」

「ええ。危険は相当あるとは思いますが、思い切って、やってみたいんです」

主治医はその言葉を聞くと困惑した表情を浮かべたが、幾度もうなずいてみせた。


妻がある日、大きな風呂敷《ふろしき》包みを片手にぶらさげながら病院にやってきた。

それは開沢君や古川さんが愈々《いよいよ》、退院するという日だった。

午前中から二人の病室は何時《いつ》もと違って何か浮きだっていた。朝飯がすんだあと、開沢君はもう学生服に着かえて、トランクの整理をはじめていた。

主治医たちがやっと退院許可書をかきあげると二人はもう、晴れて自由の身になったのだった。

今まで洗いざらしたパジャマ姿か、丹前を着た恰好《かっこう》しか見たことのない古川さんが、開沢君を伴って背広姿で、明石の病室にあらわれると、

「色々、お世話になりました」

丁寧に頭をさげた。

「おめでとう」

明石も丹前をはおると、古川さんたちを玄関まで送ろうと廊下に出た。

玄関には既に三、四人の患者や看護婦たちが集まって、二人があらわれるのを待っていた。そして嬉《うれ》しそうな顔をした彼等を見ると、いっせいに拍手を送った。

「もう、二度と、こんな所に戻ってくるなよ」

「お大事にね。退院したからって、無茶をしちゃあ、駄目よ」

二人を乗せたタクシーが門から娑婆《しゃば》に（患者たちは門の外をみな、こう呼んでいた）消えてしまうと、皆は急に黙りこんだ。

「とうとう、去《い》ってしまったか」

病棟は平日とはそう変りはないのに、こういう日には妙に空虚に、うすぎたなく見えるのである。午後の弱い日が、リノリウムの剝《は》げかかった廊下に差している。

「さようなら」

明石は自分の病室に戻ると寝台の上に仰向《あおむ》けになって本間さんのことを考えていた。今の見送人の中に本間さんはいなかった。あの人は長い間、生活を共にした開沢君や古川さんが今、この病院から訣別《けつべつ》していくうしろ姿を見送ることはとても耐えられなかったに違いないのだ。今頃このクレゾールの臭《にお》いのする建物の中に一人ぽっちでとり残される心細さに、本間さんは、布団を頭からかむって、じっとしているのだろう。（その気持はよくわかるが……）明石は自分に言いきかせるように呟《つぶや》いた。（しかし、

俺はこの生活をどこまでも辛抱してみせるぞ)

その時、妻がいつものようにそっと扉をあけて病室に入ってきた。手に碁盤縞《ごばんじま》の風呂敷に何かを包んでぶらさげていた。

「開沢さんは、もう、退院しちゃったの」

「さっきね。送って戻ってきたばかりだ」

「やはりそうだったのね、ふしぎなものねえ。いつもと病棟の雰囲気がちがうわ。何かガランとして歯がぬけたみたい」

「君もそう思うか。俺もそれを感じたな」

そう、うなずきながら明石は開沢君や古川さんがこの病棟から抜き去っていったもの——それは病気によって患者のお互いが結ばれていた連帯意識だったのだなと思った。本間さんが今、喪《うしな》ったものは、同じ不安、同じ治ろうとする希望によってしっかりと結びあわさっていた連帯感なのだ。その連帯感は外部の者や健康な者たちには決してわからないような人間関係を大部屋の人たちの間に作っているようなのである。

「あなたも寂しいでしょうね」

「いや、それほどじゃないよ。部屋がすぐ個室に変ったから、あの人たちとそう生活を一緒にしなかったろ」

「お友だちの代りにはならないけど、これが何かの役に立つかも知れないわ」

妻は、ベッドの端に風呂敷包みをおいて、

「何か、わかる」

「わからない」

風呂敷包みを解くと、四角い鳥籠《とりかご》が出てきた。

「おや」明石は思わず起きあがって嬉しそうに叫んだ。「九官鳥じゃないか。誰に、もらったんだ」

「もらったんじゃないの。今日、買ってきたのよ」

「買ってきた？　随分、高かったろう」

「ええ。でも、あなたの気分が晴れるかも知れないと思って……」

止り木に怯えたように片脚をあげてしがみつきながら、小さな鳥の鴉《からす》のように真黒な鳥は胸毛を震わせていた。その胸毛の部分だけに鮮やかな黄色い色彩があった。

「何か、言えるのか」

「まだですって。だから、あなた、これに言葉を憶えさせなさいよ。デパートの人は、この九官鳥は頭が悪くないでしょうと笑っていたわよ。九官鳥にも頭のいいのと、頭の悪いのと、二種類があるんですって」

明石は鳥籠の前にじっとしゃがみこんで、鳥の眼をじっと眺めた。午後の光のなかで鳥は孤独で、どこか寂しそうである。

「オハヨウ、オハヨウ、オハヨウと言ってごらん」

妻も彼の横にならんで、指を鳥籠の中に少し入れながら、鳥に話しかけた。

「根気よく、教えこまなければ、駄目なのよ」

「そうだろう。しかし世話が大変だろうな」

「この餌《えさ》を水に溶かして、お団子にしてやって下さいって――そう教えられてきたわ」

その日はこれまで、沈みがちな夫婦の話がやっと少しだけ陽気になった。

「俺が手術をうけて治るまで、こいつが色々な言葉をしゃべれるようになってほしいね」

「そうこなくちゃ、駄目よ」

妻は久しぶりに元気をとり戻した明石を見てホッとしたようにうなずいた。

その妻が夕刻に帰り、晩飯をくったあと、九官鳥は温和《おとな》しく一本の止り木にしっかりと脚をかけたまま、ほとんど動かない。

消燈《しようとう》近く、明石は水を飲み、顔と歯とを洗うと、

「さあ、ねるか」

鳥籠にむかってそう話しかけて灯を消した。

真夜中、いつものように眼がさめた。眼がさめるのは何も今夜だけではなかった。ひょっとすると自分はやがて、手術台で死ぬかもしれぬという不安は昼間は無理矢理に抑えつけていても、意志や気力のゆるんだ真夜中、不意に彼の眠りをさまさせ、声をあげたいような衝動にかられる時があった。明石はそのたびに、意気地のない自分を恥じて、寝台の上に起きあがり、灯をつけてじっと坐《すわ》っていた。

彼はその夜も眼をさまして、手ぬぐいで首すじの汗をぬぐった。寝台の下においた鳥籠の中で九官鳥がじっとこちらを見つめていた。

この真夜中、手術死の不安に怯える一人の中年男と一羽の孤独な鳥とが向きあっている——その想像が、明石を思わず苦笑させる。

「おい」

彼は九官鳥に言った。

「気の毒な鳥だな。お前も。その鳥籠だけがお前の世界だ」

まるでこの鳥は病院から出られぬ俺とそっくりじゃないか。

「どんな言葉を教えてやろうか」

明石は突然、ある一つの空想を思いついた。

自分が万一、手術台の上で死んだ日、この九官鳥が、病室に集ってきた人々の前で、自分とそっくりな声で何かしゃべりはじめたら、どうだろう。

「ナゼ、ケムリハ、マッスグ、ユウグレノソラニ、ノボルノカ」

だが明石はその思いつきは妻にたいして残酷な仕打ちのような気がした。

「おは、よう、おは、よう、おは、よう」

鳥籠の前にしゃがんで、彼は幾度も繰りかえした。鳥は首を少し斜めにかしげたま、彼の顔をみつめていた。

「辛いなあ。辛いよ」

思わず——いや、この病院に来て始めて明石はこの言葉を呟いた。それは彼が今日まで決して言うまいと決心していた言葉、妻にさえも——いや妻には特に口には出さなかった言葉だった。

「俺は、疲れたよ」

たとえこの鳥が人語を理解したとしても、他人に洩《も》らすことはないと言う安心感が、明石の気をゆるませた。

「生きるのは、辛いなあ」

鳥は頭をあげ、じっと彼を見た。その眼はうるんで、哀しく光っているように明石には思われた。

今日まで明石は鳥にたいしてほとんど関心はなかった。鳥だけではなく、どんな動物にも興味はなかった。だが、今、自分を凝視している九官鳥の眼は、突然、理由もなく彼の心をゆさぶった。声をあげて、明石は泣いた。

IX

翌日も真夜中の病院はかすかな物音もしなかった。

九官鳥は胸をふくらませたまま、止り木にしがみついて動かなかった。

漆黒の胸毛が病室の暗い電気に光っている。そしてその胸の下にひとすじの黄色い筋があった。

明石はしゃがんで、小声で言った。

「ねむくないのか。何を見ているのだ」

九官鳥の眼はぬれて、哀《かな》しそうに見ひらかれていた。この鳥がこのような眼で、今、なにを見、なにを考えているのか、明石にはわからなかった。しかし、この真夜中の病院で目ざめているのはただ自分とこの鳥との二人にすぎなかったから、明石は、妻にも言えぬ心の悲しさが、今、ひたひたと鳥に伝わり、鳥がそれにじっと耳をかたむけているような感じがした。

(この眼を何処《どこ》かで、見たことがある)

この眼を何処かで見たことがある。鳥籠の前で明石は過去の記憶の深みをもどかしそうに探った。

そうだ。それはずっと前のことだ。少年時代のことだ。

ある雨の朝、登校の途中、明石は傘をさしたまま、雑木林の前を通りかかった。その雑木林はくぬぎや樫《かし》が暗く茂り、子供たちもあまり近寄らぬ場所だったがこの朝、三、四人の警防団の男たちと巡査とがその前に手をうしろに組みながら集っていた。自転車が二、三台、雨にぬれた栗《くり》とけやきの幹に立てかけてあった。

「何だねえ」

通りがかった男が警防団員に大声でたずねると、

「うん、首つりだべ」

「男かあ、女かあ」

「四十歳ぐらいの男だよ」

明石はこわごわと林を覗《のぞ》いたが、雨にけむった樹《こ》だちは暗く、陰鬱《いんうつ》で何も見えなかった。ただその林の縁《へり》に一匹の雑種の犬が泥だらけになったまま、じっと内側を見つめていた。犬は明石や警防団員の方向を一度もふりむきもしなかった。

「どこの犬だべ」

「さあ。首つりの男のものじゃ、ないかね」

学校の帰り、友だちと二人でふたたびおそるおそる雑木林の縁をまわってみた。朝、集っていた巡査や警防団員の姿はもうみえず、林はしずかに雨に濡《ぬ》れつづけている。そしてあの犬だけが、まだ、前脚に顎《あご》をじっとのせたまま、樹だちを見つめていた。犬は朝から一歩もここを動かなかったにちがいない。

その犬の眼が三十年後の今、突然、明石の心に甦《よみがえ》ってくる。そう。あの時の、あの犬の眼が、こうだった。あの犬は自分の主人がおそらく誰にも言わなかった心の奥底のひだをその眼で、じっと見つめていたのかもしれぬ。ひょっとするとその死の漠然とした理由まで（どんな自殺にもはっきりとした一つだけの理由などありはしない）ひそかに知っていたのかもしれない。そしてこの霧雨のふる日、雑木林の暗い翳《かげ》のなかに主人が消えた時、そのうしろ姿を犬はこの眼でじっと見送っていたのであろう。

明石は自分の意識の上に、三十年間、すっかり忘れ去っていたこの小さな少年時代の出来事が蘇《よみがえ》ってきたのを、眩暈《めまい》でもしたような気持で嚙《か》みしめていた。

そう、同じような出来事がもう一つあった。それは彼の大学時代の出来事だった。それも出来事とはとても呼べぬような些細《ささい》な日常生活の一端だったのかもしれぬ。

彼はその頃、自分の下宿に五羽の十姉妹《じゅうしまつ》を飼っていた。それは彼の部屋に前に住んでいた学生が引越の時、おいていったものだった。

五羽の十姉妹はいずれも小雀《こすずめ》よりも小さいのに、やはりボスらしいのがいるらしく、そのボスだけがいつも偉そうに胸を張って、ジッ、ジッ、ジッと嗄《しわが》れた声で鳴いていた。

当時、彼は小禽《しょうきん》を愛するほど人間嫌いや人間不信の年齢ではなかったから、ただこのあまり見栄《みばえ》もしない小禽に餌をやるだけですましておいたのだった。声も美しくなく、それに色彩もうすぎたないこの鳥は好奇心も興味もひかなかったのである。

だが、ある日、彼が珍しく机に向っていると鳥籠をおいてある物干台の方角で何かガタッという物音がした。物音だけでなく、五羽の十姉妹の急激に怯《おび》えたような声が、ここまで聞えてきた。

彼が走って行って見た時、一匹の猫が素早く逃げるところだった。餌箱が散乱し、小禽たちは止り木の一箇所に追いつめられてかたまっていた。そしてその真下に、あのボス鳥が嘴のあたりをほんの少し、真紅の血で濡しながら、脚を折り曲げるようにして落ちていた。

明石はその体を手にとって掌《てのひら》の上にそっとおいた。指に、嘴の血がつき、その体からほんのりとした体温が掌に伝わってきた。そして鳥は鳥で濡れた、丸い、小さな眼を必死に見開いて迫ってくる死に抗《あらが》おうとしていた。

黄昏《たそがれ》の微光が夜の幕に覆《おお》われていくように、小鳥の瞳孔《どうこう》から既に白いものが拡《ひろ》がりはじめてきた。一瞬、その白いものを十姉妹は余力をしぼるようにして追い払ったが、それが最後だった。折り曲げた脚に痙攣《けいれん》が襲い、それっきり動かなくなった。

だがその余力をしぼった時の小禽の眼を明石は今、思いだしたのである。

九官鳥のこの眼も、霧雨に濡れた雑木林の縁から動かなかった犬の眼も、そして、死んでいく瞬間の十姉妹の眼も、明石には今、心の中ですべて一つのように思われてくる。それらの眼はみな哀しみをいっぱいに湛《たた》えて、虚空《こくう》の一点を凝視していたのだが、一体、なにを見詰めているのだろうか。

「何を見ている、何を見ている」

明石は機械的にこの人間の言葉を九官鳥に向って囁《ささや》きつづけた。だがこの夜と部屋の静かさのなかで九官鳥は首を少し横にかたむけたまま、かたくなに沈黙を守りつづけていた。

「何を見ているのだ。何を考えているのだ」

すると、その時、彼の心には、黄昏の屋上に靠《もた》れて、暮れていく東京の街と乳色の空にたちのぼる煙突の煙をじっと見つめていた自分の眼が甦ってきた。そしてそれと共に、あの中年の男とその妻が手をしっかり握りながら存在していた窓を見ている自分の眼もそれにかぶさり——その眼とこの九官鳥の眼と、掌の中でしずかに死んでいった時の十姉妹の眼、雑木林の縁で主人の幻の姿を凝視していた犬の眼が、眼と次第に重っていくのを感じた。

（そうか。お前が見つめているのは）

と明石は呟《つぶや》いた。お前が見つめているのは乳色に真直《まっすぐ》たちのぼる煙突の煙、手をにぎりながら死が自分たちを引き裂くのに耐えていた夫婦、人間の営み、ラクダのように膝《ひざ》を折り曲げて性交をしている恋人たち、すべてそれら人間の生活とよぶもの、人生とよぶものであったのか。そしてお前の眼はそれを嫌悪《けんお》するのではなく、憎むのではなく、それを忍び、それを悲しみながら愛している光のためにこのように、うるんでいるのである。

「ああ。ああ」

明石は鳥籠《とりかご》を両手でつかみながら、言った。

「ああ、生きるとはこういうことか。生きるのは」

そして静まりかえった病院の長い、長い廊下を便所に行くらしい患者の力ないスリッパの音が遠くから聞えてきた。スリッパの音は彼の病室の前でとまり、しばらく沈黙したのち、またゆっくりと歩きはじめた。鈍く便所の扉が開閉する音がそのあとで続いた。


「なにかを憶《おぼ》えて？」

妻は鳥籠の前に立って、少し面倒くさそうにこの鳥を眺めながら、

「まだ何も言わないのね」

「教える言葉がなかなか、見つからないのだよ」

「いくらでもあるじゃないの。オハヨウでも、コンニチハでも……」

しかし明石はこの九官鳥にそんな月並みな言葉ではなく、彼だけの言葉、この病院の毎日のなかで今、自分の心情をもっとも端的に言いあらわせるような言葉を教えたかったのである。

しかし、その言葉は見つけるのに困難だった。

「ケムリハ、ナゼ、ユウグレノソラヲマッスグニ、タチノボルノカ」

強いて言えばこの言葉が自分の今の気持をあらわすように思えたが、それを九官鳥に暗記させるのは不可能だった。

だが鳥籠をみおろしている妻のうしろ姿を眺めながら明石は、もしも万一、今度の手術で自分が死んだとした時、この九官鳥が自分とそっくりの声で人間の言葉を口に出すのを怖《おそ》れた。それをきくのは妻にとって残酷な試練のように思えたからである。

彼は結局、何も教えないことにきめた。

三回目のほとんど賭《かけ》にも似た手術が施行されると決定すると、ふたたび、二度目の時と同じような手術前の検査がはじまりだした。

階段を幾度も登りおりしたあと、検査する心電図、肺機能と肺活量、そして気管支鏡と造影、更に肝臓の検査がほとんど毎日、行われたが、それらは彼にとってもう馴《な》れたもので、苦しいことは苦しくても、たいして負担にはならなかった。

「明石さんも、ここでは古参兵ね」

看護婦は検査医を手つだいながら、

「新しい人たちに、明石さんを見習ってもらおうかしら。手数がかからなくてすむもの」

そんな冗談を言ったりした。そしてほかの患者たちは、気管支鏡の検査をうけるという不安に表情を少し歪《ゆが》めながら、

「どうすれば、苦しくないでしょうか」

とそっと聞きにきたりした。明石はこそばゆいような顔をして一人一人に気管支鏡の受け入れなどを説明してやったが、

「しかし、こういう先輩じゃ、自慢にもならないな」

思わず、苦い笑いが頬をうかんでくるのだった。

これらの患者たちとちがって、明石の場合には第三度目の手術がどんな危険なものか――それを百も承知している医者たちはしかしまるですべてがうまくいくような表情をしている。今になって明石にはわかったのだが、医者というものはどんな場合でも患者の前で自分たちの動揺を露《あら》わにしてはならないのだった。

そして明石も明石で、もう彼等に新入り患者のようにしつこく手術の成否の可能性などを訊《たず》ねたりはしなかった。成功する、失敗する、それは生き身の肉体を扱っている以上、どんな名医でも断言などできっこないのだ。明石は今日までの病院生活と二度の手術経験でそれを知ることができた。医師の気持の上に全責任の負担をおいかぶせたくないという気持が、明石に診察の時などわざと快活そうな表情を装《よそお》わさせた。

「明石さんはなかなか剛気ですね」

教授はある日、そう言ったが、明石は自分が今日まで一度も剛気だったことのないことをよく知っていた。彼はただ、医者という他人が自分のためにこれだけ頑張ってくれるなら、その失敗を恨んだりはすまいと心に言いきかせていたのである。

カレンダーに赤丸でしるしをつけた手術予定日は一日一日と少しずつ、速度をましながら近づいてきた。

「先生」

ある日、彼は回診のあと教授に珍しく頼みごとをした。

「半日――いや、一時間だけ手術前に外出を許して頂けませんか」

「外出？　一時間ほどですな」

教授は一寸《ちょっと》、ためらった表情をしたが、思いきったように大きくうなずいて、

「いいでしょう。ただ、風邪だけは絶対に引かないでくださいよ」

「ええ」

「久しぶりで、外気にあたるのもいいもんです」

しかし明石には、入院以来、一度も見なかった外の世界をたんなる懐《なつか》しさで歩くつもりはなかった。あるいは失敗するかもしれぬ、さし迫った手術の前に、健康な時、

見すごしてしまっていた外界の事物がどういう形で自分にあらわれるかを知りたかったのである。

「一時間だけ、外出を許されたよ。何処に行こうかな」

まるで遠足を待つ子供のように、はしゃぎながら彼は妻に言った。

「嬉《うれ》しいでしょう」

「嬉しくない筈《はず》があるものかね」

翌日、彼は妻につきそわれて、始めて病院の前にたった。つつじを植えた土手だけが塀のかわりになっている病院の門は普通の人には何の意味もなく見えるだろうが、明石にとっては、そこから一歩ふみだすことがひどく不安である外界との境界線だ。

「大丈夫」

「大丈夫だよ」

手術した部分を片手で押えながら歩きだすと、明石は軽い眩暈をおぼえる。その眩暈はまだ充分でない体力のせいなのか、それとも彼が今まで見うしなってきた事物を新しく見つめようとする興奮のためなのか、自分でもよくわからなかった。

外界とは何と喧《やかま》しく、騒がしく、そして浮わすべりなものなのであろう。バスが走り、タクシーが流れ、交叉点《こうさてん》のシグナルが赤から青に変り、人々が動きはじめる。かつては何ごともなかったこの外界のすさまじい活動が、明石にはたまらない不安の念を起させた。自分にはとてもあの車や人の群の流れにまじることはできない。今日まで、しずかさと安静の中だけで生きていた自分にはこのすさまじい音と流れの渦の中では足をすくわれそうだった。

「どうしたの」

「何でもない」彼はしかし掌で額の汗をぬぐって歩きだした。「これが生活か」

「え？　何だって」

「これが生活か。俺は病院の中で人生しか見なかったために、生活ということを……」

彼の声は車の警笛で途切れた。騒音は彼の声をちぎり、断絶させ、そして四散させていった。

「外苑《がいえん》のほうに行こう」

妻は和服を着た彼の体を支えるようにして横断歩道を横切った。果物屋、本屋、薬屋、雑貨屋、小さな珈琲《コーヒー》店、郵便局、不動産屋、そして亦《また》、薬屋、彼は一つ一つの店の名を素早く読んだ。しかしそれらの名も家も彼は何の興味も関心も起さなかった。少くとも病院生活中、夕暮の工場の煙、空の色、灯のついた窓がふしぎな印象をよび起したように、心に食いこんではこないのだ。

(俺は、随分、生活から遠ざかったな)

神宮外苑の門に入ると、始めてホッとした気持で彼は一息ついた。

「もう少し先に行きますか」

「いや、ここで休もう」

ベンチの上を妻はハンカチで払うと、夫を腰かけさせた。彼等の上には大きなけやきの大木があり、その上をゆっくりと風が流れていた。

遠くで若者たちが野球をやる元気な叫び声がきこえた。アイスクリームを売る男がチリンチリンと鈴の音をたてて車を押しながら通りすぎていった。滑り台の上で子供が二、三人、のぼっては滑り、滑ってはのぼっている。そしてここからは樹だちを通して病院のうすよごれた建物を遠望できた。

「俺の部屋は何処《どこ》だろう」

「ここからは見えないわ。あの裏側にあるんですもの」

「そうか。そうだな」

健康な時、自分は幾度もここを通りすぎた。急ぎ足で、あるいはタクシーで……その時、明石は決してここに病院のあることを注意などしなかった。病院を見ても、それはたんに病院という建物がそこにあるなというぐらいの関心しかなかった。そしてこの古びて黒ずんだ建物の中で人々がどんなに沈んでいくか、外界とあの建物とは本質的に一つの地の果てと別の地の果てとほどの隔りのあることを一度も考えたことはなかった。

「アイスクリームを食べましょうか」

「そう、食べてもいいな」

妻は鈴をならしながら草野球を見ている男から二つ、スマック、アイスクリームを買い、パラフィン紙を剝《は》がして彼に渡した。

「着物の上にこぼさないでね。待って。膝の上にこのハンカチをおいて下さい」

アイスクリームを眺めながら、彼は病院のうすよごれた建物をもう一度、見た。不安が胸に突然こみあげてきた。俺は一寸だけ、この生活の騒音のする外界に出た。するとどうだ。もう樹《き》はたんに一本の樹にしかみえず、果物屋はたんに一軒の果物屋にしか見えなくなった。自分の眼はこんなに弱い。それは生活の騒音によってすぐ曇り、そのよごれですぐ覆われてしまうのだ。俺の眼は今、あの九官鳥の眼からはるかに遠くにある。林の縁《へり》でじっとうずくまっていた犬の眼ではなくなってしまった。

「いつか、退院したら」

「退院できるわよ。きっと良くなって」

妻はアイスクリームの残骸《ざんがい》をチリ紙に包んで、笑いを作ってみせた。

「そうじゃない。退院したら……俺、元のもくあみになるんじゃないか」

「そんなことないわよ。もう再発なんか、あたしがさせないわ」

彼は妻は生活のことを言い、自分は人生のことをしゃべっているのだと思った。俺は元気になって働く。やがて時間の塵《ちり》が俺の心に少しずつ積り、病院での出来事はたんなる過去、遠い思い出の世界になってしまうのではないか。ゴムの植木鉢のおいてある部屋。仰《あお》向《む》けに寝ていた中年男。あの窓の風景も一つの追憶と変ってしまうかも知れぬ。

「帰ろう」

彼は体を少し震わせながらベンチから立ちあがった。

「もう。まだ半時間もたっていないわよ」

「いや。帰ろうよ。久しぶりで出ると、やはり駄目だ。娑婆《しゃば》は」

病棟に戻ると、埃《ほこり》っぽい暗い空気の中にクレゾールの臭《にお》いがほのかに感じられた。消毒薬の臭いはまたそこに住みついた患者たちの生の臭い死の臭いであった。しかし明石は廊下を歩きながら、ほっと息をついた。外界よりもここの方が彼にとってはるかに心地よくなっているのを感じながら……。

　明石にとっては一つの大きな賭けとなる三度目の手術日がきまった。

　その前日は第一回目の手術の前と同じように忙しい日であった。看護婦が若い医者と幾度も病室にあらわれ、彼の腕から血液をとったり、毛剃《けぞり》をやったりした。それから、検査室につれていかれ、今度は耳を切って傷口から流れる血液が何分で凝固するかを調べられた。

「明日の手術で、俺、どのくらい輸血されるの」

　彼はつれだって歩いている看護婦に何気なく訊ねると、

「五千CCぐらいじゃないかしら」

　不用意に彼女は答えてしまい、

「あっ、こんなこと、言っちゃあ、いけないんだった」

　明石は手術台の上に放り出された自分の肉体を想像した。その肉体の真中が割かれ、石榴《ざくろ》のような傷口から、おびただしい血液が幾すじも流れていく図が眼にうかんだ。

「前が三千CCと二千CC、だから、ほとんど一万CCに近い輸血が俺の体になされるわけだな」

彼は掌《てのひら》を陽にかざし、皮膚の表面を走っている青い血管をすかして見た。この血管に明日、俺の血でない、別の人間の血が注ぎこまれる。五千CCの輸血をするためには、四千五百CCの血が俺の体から流れるわけなのか。

(俺に血をくれる人は、どんな人だろうか)

彼はまだ見たことのないその人の姿を心に思いうかべようとした。おそらくそれは貧しい労務者か、アルバイトの学生だろう。金に困って売った自分の血がどんな患者の体に流れていくのか、向うも全く知らないに違いない。

「明石さんの明日の手術にはね」

さっきの自分の失敗をとりかえすように看護婦は生真面目《きまじめ》な田舎娘らしい表情をだして、

「外科医局の先生たち、総動員でなさるのよ」

「総動員というと」

「助教授が執刀なさって、講師が助手をなさるんですって」

そうか。さまざまな人が明日の手術に総力をあげてくれる。医者は医者で、彼の妻は彼の妻で、そして血をくれる未知の人も俺の肉体をもう一度、恢復《かいふく》さすために力をかしてくれるわけか。

ふしぎなことに気持は妙に落ついていた。自分でも理由がわからぬくらい、平静にその午後を送った。すべきことは皆やりおえて、あとは一つの決断を待つというような心理だった。

夕方すり餌《え》を水でとかし、それを幾つかの団子にして明石は九官鳥の籠の中に入れてやった。九官鳥は彼が指を入れた途端、黄色い長い嘴《くちばし》で忙《せわ》しそうにその餌《えさ》をつついた。

「当分ほかの人から餌をもらうことになるだろうがね、温和《おとな》しくしろよ」

彼は掌を洗面器でゴシゴシこすりながら九官鳥をふりかえって、そう言った。

妻はその夜、十時頃まで病室にいてくれた。枕元《まくらもと》においた携帯ラジオで落語をやっていた。二人は昔家にいる時、夕食のあとよくそうやったように、時々、一緒に笑い声をたてながら、その落語をきいていた。

「俺は兵隊として戦争に行かなかった」

と急に明石は顔をあげて呟《つぶや》いた。

「あのことは長い間、同じ年齢の者たちに一種の申訳けなさを俺に感じさせていたんだが……」

妻はもちろん、その事を知っていた。

「これで、あの申訳けなさも幾分、晴れたような気がするよ」

そして彼は落語のさわりで朗らかな声をたてて笑った。

「さあ、私、もう帰るわ」

「そうか」

明石は眼をしばたたいて、帰り支度をする妻の姿をじっと見つめていた。

「眠り薬をもらってあげましょうか」

「いや、そんなものはいらない」

「無理に頑張らない方がいいわよ」

しかし彼は首をふった。実際、手術そのものはそれほど前のように彼を不安にはしなかった。どんな拷問《ごうもん》だって、どういうことをされるかと言うことが予想つかないから怖《おそろ》しいのだ。それと同じように第一回の手術の時はこれから自分の肉体に加えられる処置やそのあとの苦しみが全く見当がつかないために不安だったのである。だが今は違う。今は自分がどこにつれられ、どのようにして麻酔をかけられるかをはっきり知っている。

「おやすみなさい」

「ああ、おやすみ」

妻は一寸、指をあげ、戸口まで来るともう一度こちらを振りかえって微笑を頬に作って姿を消していった。

「お前も、もう眠れ」

鳥籠《とりかご》の中で九官鳥はあの眼でじっと虚空《こくう》の一点を見つめていた。胸毛をふくらませ、止り木にしがみついて、じっと動かない。

「電気を消すぞ」

灯を消すと、闇《やみ》の中で眼をつぶり、彼は早く眠りに落ちこもうとあせった。しかし自分では興奮していないようでも、やはり、心はどこか、たかぶっていたのかも知れぬ。あせればあせるほど眠れないのである。

「第三回目の、手術、か」

明石はふかい溜息《ためいき》をついて、闇の中で身じろいでいる九官鳥の方に寝がえりをうった。

翌朝、いつものように看護婦にゆさぶり起された。まるで今日が別の日と変らぬもののように彼女は体温器と白い丸薬とを枕元におくと、すぐ姿を消していった。

白い丸薬は麻酔を準備する薬であることは明石は二回の手術の経験でもう知っていた。

しかし、今までとそれにたいする感覚が少しちがっていた。

（今度、俺は意識を喪《うしな》ったまま、死んでしまうかもしれない、今度の手術の危険率は五十％あると医者も言っていたのだから）

手術をやめる自由はまだ残されているのだと思いながら掌の上の丸薬を見ると、言いようのない快感がこみあげてくる。それは自分の自由を弄《もてあそ》んでいるという快感だった。

「出発、進行」

電車の運転手がよく使うあの言葉をおどけた声で呟きながら、彼は丸薬を一気にのみほした。自由を自分で扼殺《やくさつ》する快感が今度は胸をしめつけてきた。

「何をニヤニヤしているの」

妻が風呂敷《ふろしき》包みをもって扉から入ってきた。

「随分、機嫌がいいのねえ」

「今、薬を飲んだところだ。もうすぐ、眠ってしまうだろう。そして目をさますとすれば」

そこまで言いかけて、彼は一寸、口をつぐんだ。

（本当に目をさますことができるのか。ひょっとすると、永久に目をさまさぬのかも

しれない）

妻の顔をじっと見つめた。もし目をさまさぬとすれば、この妻の顔を見ることができるのは、今、これが最後かも知れなかった。多くの兵士が二十年前、家族たちと駅頭や港で——あるいは歩道で、これと同じような訣別《けつべつ》の仕方をしたのである。

「目をさますとすれば、今夜、何時ごろだろう」

「九時頃かしら、前もそうだったから」

「できるだけ、遅く起きたいものだ。それだけ楽にすむからね」

「もうベッドに横にならなくちゃ駄目よ」

温和しく、彼は妻の言う通り、寝台に横わった。

「そうだ。九官鳥の世話を——いや、お前は忙しいから、看護婦さんにでも頼んでおいてくれ」

「わかってますよ。さあ、何も考えず、眼をつぶって頂戴《ちようだい》」

X

すべての順序は第一回目、第二回目の手術と同じだった。手術室にストレッチャーで運ばれ、そしてあの扉の地点にまで妻がつきそい、

「奥さん、ここまでです」

看護婦がそれ以上、彼女の入るのを拒み、その妻が微笑《ほほえ》みながら立ちどまり――。

水の流れる真白な手術室で彼は仰向けに寝させられ、麻酔の注射を右腕にうけ、それから深い眠りに落ちていった。眼をあけた時、医者や看護婦や妻の顔が遠くからこちらに近づき、彼は一言、二言何かを呟くとふたたび眠りに入った。

すべて二度の手術とそっくりの経験だったが、違うのはこの手術で明石の知らぬ間に五千CCに近い血が流れ、彼の心臓が一時、止り、一瞬ではあったが医者たちの怖《おそ》れていた手術死の危険が襲ったことだった。もちろん、昏睡《こんすい》している明石にはそれら

のことはいっさいわからなかった。

彼はただ、自分が麻酔をかけられている間、次第に鈍っていく意識の中で、

(ひょっとすると、俺はもう生きては病室に戻らないかもしれないな)

それだけを、ふっと考えたのだった。ふしぎにその考えは痺《しび》れはじめた感覚のためか不安も恐怖も起さなかった。むしろそれとは逆に長い間、ただそれが未知であるというために怖れていた死がこのように安易なものなのか――そんな気持の方が強く働いた。

とに角《かく》――彼は手術台で死なずにすんだのである。病室にはこばれ、彼は二度目の浅いねむりについた間、妻は、酸素吸入のゴム管が鼻からはずれぬよう、足首にさした輸血の針が落ちぬように気をくばり、看護婦は看護婦で、三十分おきに血圧、呼吸数を測定してはそれをカルテに書きこんでいた。時計は午前二時を既にまわり、彼の病室をのぞいては、病棟内はしんと静まりかえっていた。

明石はその時、夢をみていた。なぜ、そんな夢をみたのか自分でもわからない。それは、彼が出張で長崎にいった時の思い出の再現だった。(なぜ、今まであの街のことなど特に興味をもって思いだしたことはないのに、この手術の夜、彼の夢の中に出てきたのだろう)

明石は黄昏《たそがれ》の光がかがやく長崎の山手町をあるいていた。それは絵葉書によく出てくるオランダ坂とよく似た石畳の古い坂道だが、オランダ坂ともどこか違っていた。坂道の途中に木造の洋館があった。まわりに大きな楠《くすのき》が茂り、その庭は非常に荒れていた。

「ここはどこですか」

と彼は女学生に訊《たず》ねた。（なぜ女学生がその時、突然、出現したのだろう）

女学生はここは記念館だと言った。明治の長崎にいた外人たちの遺品などを集めている家だと教えてくれた。

「そうですか。有難う」

彼はソフト帽を一寸《ちょっと》あげて、その女学生に礼を言うと、その洋館の中に入ることにした。

「ここは記念館でしょう」

「いえいえ」

切符を売っている男が首をふった。

「そうじゃない。切支丹関係のものを集めたところです」

「たしかに記念館ときいたのだが」

しかし彼は切符を買って中に入った。硝子《ガラス》のケースがセメントの臭いのする大きな部屋の両側に並んでいて、見物人といえば、彼のほかに誰もいなかった。彼はふるい切支丹時代の祈禱書《きとうしょ》や十字架や十字架をかたどった刀の鍔《つば》をひとつひとつゆっくりと見て歩いた。切支丹禁制の表札もあれば、バテレンたちがかぶっていた大きな帽子もあった。しかしこの時代に何の智識《ちしき》もなく、この宗教にほとんど関心のない明石にはそれらの品物も特に心に食いこんでくることはなかった。ここがただ長崎の一つの名所だから一応は見物しておこうという気持だけで、彼はあくびを嚙《か》みころしながらケースを一つ一つ覗《のぞ》いて歩いていた。

「ごらんなさい」

いつの間にか、彼の横にはあの女学生がつきそっていた。(女学生は、むかし彼を泳ぎにつれていき、貝がらを耳に当てることを教えた姉に変っていた)

「これは何だか知っている?」

「踏絵でしょう」

「そう。切支丹であれば、これを踏めなかったし、切支丹でなければ平気で踏める──その目的で作られたものなのよ」

木目の走る木の中に真黒な金属の基督《キリスト》の顔がはめこまれているその踏絵を明石は姉

に教えられるままにじっと見つめた。幾百人の人間に踏まれたその基督の顔は凹《へこ》んでいた。凹んだ顔のなかにじっとこちらを見あげている哀《かな》しげな眼があった。そしてその顔をはめこんだ木の右端に、べったり、足指の痕《あと》がついていた。

ほかにも色々な夢をみたのかもしれぬ。しかし、朝方、ちかく、やっと麻酔の眠りからさめた明石には、その夢だけが妙になまなましく記憶に残っていた。

「なん時」

「ああ」妻は軽く叫び、彼の汗だらけの額をぬれた手ぬぐいでふいてくれた。「もう黎明《あさ》だわ」

一回目の手術、二回目の手術と同じように烈《はげ》しい咽喉《のど》の渇きが襲ってきた。三度目の手術をうけた胸部はまるでそこだけ死んだように重苦しい感覚があるだけだったが、咽喉のほうはその中に火の棒を入れられたように乾ききっていた。

しかし水を飲んではならぬという医師の命令を思いだして、彼は力ない舌で皮のむけた白い唇を舐《な》めていた。

「もう少しの辛抱よ。朝になれば少しだけ水を飲んでもいいんですから」

「そう、だ、なあ」

ものを言う力が胸の奥からは湧《わ》いてこなかった。左手の下に何か固いものがはさまれている感じだった。

「左に何かある」

「ドレーンよ」

(ドレーンか。じゃ今度の手術は切除だったんだな)と彼は思った。ドレーンとは胸の左に穴をあけ、そこから胸部に下して中の血を流し出すために挿入したゴム管のことだった。

(肺切除が今になって出来るなら、何故《なぜ》、第一回目にやってくれなかったんだ)

第一回目と第二回目とに彼がうけた手術は肋骨《ろっこつ》を切りとる成形手術であり、今度の手術は直接、胸部を切り開いて病巣《びょうそう》を切除する肺切だったのである。

「どのくらい、肺を」

「え？」

彼はどのくらい肺を切りとったのかと訊ねようとしたが、それ以上、言葉をしぼり出す力もなかった。息ぐるしさが始りだしたのは麻酔がさめてきた証拠だった。

夜はまだあけなかった。半時間おきに看護婦がせわしげに入室し、三、四本彼の腕に注射針を刺し、抗生物質を次々と血管に流しこんだ。別の看護婦が脈をはかり、血圧計のバンドで血圧を調べて急いで引きあげていく。枕元の時計が小刻みに時をきざんでいる。

（なぜ、あんな夢をみたのだろう）

長崎にはたしかに行ったことがある。夢に出てきた通り、会社の出張だった。しかしその時は長崎で彼の心をひいたのはあんな切支丹博物館ではなく、むしろ風頭山《かざがしら》の頂から見おろした街の夜景や原爆の落ちた場所やシーボルトの邸《やしき》の跡や中国人の残した寺などだった。たしかに自分は踏絵をみた。（あれは西坂公園の二十六聖人記念碑の隣りにある切支丹博物館ではなく、大浦天主堂を少しのぼった古い洋館に陳列されていたのだ）

だがその時は、硝子ケースにおさめられたうすよごれた踏絵はほとんど彼の興味も関心もよび起さず、ただ、チラッと一べつしたまま通りすぎたのを憶《おぼ》えている。それなのにほとんど彼の記憶にさえ存在しないこの事物が夢のなかではありありと、鮮やかに浮かびあがったのだ。

「なぜ、だろう」

彼は思わずその言葉を口に出した。

「どうしたの」

疲れのため、椅子《いす》に靠《もた》れていた妻がびっくりしたように顔をあげた。

「苦しいんですか」

「そう、じゃない」

「もう少し、眠ったほうがいいわよ、やがて夜があけますからね」

彼女は子供をあやしでもするように優しく言った。すると、今、夢のことを考えている間、ほんのわずか忘れている咽喉のたまらない渇きが猛然とおそってきた。

「紙を……くれ」

彼は紙で唾《つば》をぬぐった。それは真赤な血だった。切断された患部の出血が口から出はじめたのであろう。

「心配いらないのよ。その血は。手術のための血ですからね」

「ああ」

彼はうなずいて、顔を横にしたまま、懸命になって微笑を作ろうとした。

「俺の……九官鳥は？」

「看護婦さんたちが、世話をしていてくれている筈《はず》よ」

一日たち、二日たった。口から出る血は相変らず止らなかった。真赤な血もあれば錆《さび》色に変色した血もあった。

「止りますか。この血」

「四日ぐらいすれば止りますよ。気にすることはない」

しかし明石は医者が確信をもって言っているのか、患者の気やすめに口に出しているのかを見わけることができるようになっていた。あきらかにその言葉を医者は明石を慰めるために語ったことがすぐわかった。しかしそれだからと言って別に今の彼は動揺もしなかった。人生はどんな外形をとっても本質は同じものなのである。その確信は三度目の手術をうける頃から既に彼の心に作られていた。

それよりも——毎日、動けぬ体をただ、じっと仰向《あおむ》けにしたまま、天井を眺めている明石のまぶたに、あの夢でみた踏絵のイメージは幾度も鮮やかにうかんだ。踏絵というよりは、幾百人の人間たちにふまれたため、少しずつ凹み、磨滅していた基督の顔である。十字架に長い間、ぶらさげられていたため、その両腕は、ようやく自分の肉体を保っているというふうだった。茨《いばら》の冠をかぶらされた額は少し斜にたれ、困憊《こんぱい》しきった表情がこちらをむいていた。だが眼だけが……。

だが眼だけがまだ生きていた。眼は哀しみをいっぱいにたたえて、自分に足をかける者たちをじっと見上げていた。

一日一日、明石のまぶたの裏でその踏絵と基督のイメージとが少しずつ変容し、まるで次々と別の角度から光線をあてられた銅の彫像のように、あたらしい生命をもって甦《よみがえ》ってくる。明石が今、摑《つか》みとりたいのはあの眼であり、あの眼が自分を踏もうとしている人間たちに何を言おうとしていたのかと言うことだった。

四日たっても血はとまらない。のみならず、術後の熱も依然として下らなかった。

(やられたな。気管支漏だ)

すべての症状が肺切のあとの一番、怖れられている気管支漏によく似ている。明石がそう気づく前にもちろん、医師たちもその不安を感じたにちがいない。

「一寸、熱がつづくようですな」

できるだけさりげないような言い方をしながら教授はカルテをきびしい表情でみおろし、

「新しい注射を追加しましょう」

と言った。

明石は眼のことを考えつづける。踏絵の基督はあの眼で、もう何世紀も何百年もの間、ああやって人間を見つめてきたのだ。

あの眼の前に俺は九官鳥の眼を見たと明石は考えた。手術の前夜、ねしずまった病棟で目ざめているのは彼と鳥籠《とりかご》のなかの九官鳥だけだった。九官鳥は止り木にしっかりとつかまりながら、人間の言葉で話しかける明石をただ寂しそうにじっと見つめているだけだった。しかしあの眼は何かを言おうとしていたし、その言おうとしていたことはひょっとするとこの銅版の基督と同じだったのかもしれぬ。

九官鳥の前に彼の掌《てのひら》の中で死んでいった小禽《しょうきん》もあった。白い膜が次第にせまる夕暮の影のように彼の瞳孔《どうこう》を覆《おお》いはじめた時、一瞬だけだったが小禽は体をもがくようにして、懸命に小さな眼をあけた。その時の眼も哀しかった。

雨の日、雑木林の縁《へり》でじっと首をくった主人の去った方向に顔をむけていた犬。あの犬の眼も同じだ。

それら動物たちの幾つかの眼をなぜ明石は長い歳月に渡って眺めてきたのであろう。今になって彼にはやっとわかる。それはあの夢の踏絵に出てきた基督の眼につながるためであったのだ。幾世紀、幾百年もの間、それらの眼差《まなざ》しは人間たちをじっとそうやって見つづけてきたのである。事物は決して人間とは無縁の世界でそれ自身の存在を冷酷に非情に保っているのではなかった。それはたがいに目だたぬように、ひそかに、つつましやかに人間に何かを訴え、何かを告げるために存在しているのである。

健康な時、明石は街をあるいた。家はそこにあり、樹々《きぎ》はそこにあり、空はビルディングとビルディングとの間に勝手に拡《ひろ》がっていた。（拡がっていると明石は思っていた）だがあれは間違いだった。事物はたとえばあの安静時間のあいだ、明石がはじめて見た風に葉をひるがえす樹木のように、人間に接近するのを待っていたのである。鳥の眼、犬の眼のように人なつこく、哀しげに、何かを訴えようとしていたのである。

「ああ、俺はやはり、この病気から恢復《かいふく》せねばならぬ」

明石はこの時、はじめてのように、自分の熱、口から出てくる血が一日も早く止ることを願った。彼はもう一度、旅行などできる体になりたいと思った。体が恢復して、復職ができた暁、長崎に暇をみつけて行こう。そこであの踏絵をあらためて見たい。

明石がこの希望をもちはじめてから、ふしぎに今まで頑固に彼の躰《からだ》にまつわりついていた熱がさがりはじめた。そして胸の手術をした部分から出る血の量も少しずつ減りはじめた。

「よかったですな」

教授は始めて心からホッとしたように笑顔をつくって、

「新しい抗生物質がきいたようだ。兎《と》に角《かく》、あなたは我々に色々、苦労をかけた患者でねえ」

熱はさがり、出血はとまったが、もちろんまだ体は動かすことはできなかった。寝床の上に妻や看護婦に助けられて、上半身をもちあげたものの、眩暈《めまい》と息苦しさとが

同時に襲って肩で大きく息をつきながら、

「寝かせて、くれ」

たまりかねて呻《うめ》かねばならなかった。

「九官鳥はどうしている」

ある日、彼は寝床の上から妻に突然たずねた。

「看護婦室にまだあずけてあるのかい」

病室の隅でタオルをたたんでいた妻は黙ってこちらをふりむいた。

「九官鳥ですか」

「うん」

「怒らないで下さい、九官鳥は死んじゃったのよ」

彼は茫然《ぼうぜん》としながら妻の当惑して強張《こわば》った顔を見つめていた。

「なぜ」

「あなたが手術をうけた翌日の夜、看護婦さんの一人がヴェランダから中に入れるのを忘れたのね。それで、その夜に猫が食い殺したんですって」

「なぜ、外に出しっぱなしにしておいたんだ」

「みんな、あなたの看病でそれどころじゃなかったわ。看護婦さんも鳥どころじゃなかったのよ。怒るわけにはいかないわよ」

「鳥どころじゃなかった……」

「あなたの身がわりになったのかもしれない——そう思えば私も仕方ないと思いましたわ」

明石は万一の場合、あの九官鳥が自分とそっくりの声でしゃべりつづけることを真剣に考えたあの夜をじっと嚙みしめた。妻にさえも決して語るまいとした心の苦しさを聞いたのはあの鳥だけである。明石の秘密を知った鳥は今、もう死んでしまった。自分があの夜、一人、号泣したことも誰も知らない。

「鳥籠は……どこにある」

「ヴェランダにおいてあるわ」

「見たい」

「持ってきましょうか」

「いや、そこまで歩いていく」

「上半身、起きあがっただけで、あんなに息切れがすると言うのに。ヴェランダまでなんか、とても行けないわ。無理よ」

妻は手をふってとめたが、明石は鳥籠のところまで行くのが今は義務のような気がした。

「無理よ。およしなさい」

「大丈夫だ」

寝台からやっとおり、壁に手を支えながら一歩一歩、歩く。肩で烈しい息をしながら眩暈に耐えているうち、脂汗《あぶらあせ》が額からにじみ出てきた。

「もう止《よ》しましょう」

「少し休んでくれ……心配いらない」

わずか二十米《メートル》そこそこを歩くのに五分ほどもかかり、彼は妻に体をあずけながらやっと鳥籠までできた。

鳥籠はそこに放り出されていた。九官鳥の羽毛一本もそこには残ってはいなかったが、糞《ふん》がこびりついた鳥籠の底にはからからに乾いた水入れがそのままになっていた。

それはひどく人間的な臭《にお》いがする。おそらく明石が九官鳥をたんなる鳥としてではなく、自分の心情を投影するものとして、この一カ月、眺めてきたからだ。俺の身代り。身代りという言葉が今ほどぴたりとすることはない。

今こそ明石は自分がこの病院での苦しく長かった生活で獲たものに秩序を与え、まとめねばならぬ時が来たと思う。「夕暮、なぜ、煙は真直《まつすぐ》にのぼるのか」「ユウグレ、ナゼケムリハマッスグ、ノボルノカ」

夕暮、何故、煙は真直、のぼるのか。

寝台の上に肉のおちた手を出し、彼はその字を一つ一つ虚空《こくう》に書いてみせる。昨日も煙は真直に黄昏《たそがれ》の、乳色の、空にたちのぼったことであろう。そして一昨日も、その前の日も同じ営みはくりかえされたであろう。あのゴムの植木鉢をおいた窓の中で中年の男は妻に手を握られながら死んでいった。彼が死んだあともあの病室には次の新しい患者が来て、そこで妻に手を握られながら死んでいくだろう。彼等はなぜ手を握るのか。それは人間のどうにもならぬ苦しみや限界をわかちあうためだ。（ちょうど、看護婦がもうモルヒネもその苦痛を和らげることのできぬ男の手を握ってやったように）

だが、手を握ってもゴムの植木鉢の男は死んだ。夫婦は死には勝てなかった。子供の荘ちゃんはやがては死んでいく運命をもっていた。煙は今日も、黄昏の、乳色の空にのぼる。

だが、それらをじっと見ている眼がある。屋上の手すりに靠れて暮れていく街とあの窓を見ていた自分の眼、九官鳥の眼、犬の眼、それらの眼は今やっとあの踏絵のなかの凹《へこ》んだ磨滅した顔の眼に重なり、とけあい、一つとなっていった。そしてその眼がまさに言わんとすることは何であるか。

虚空に手を出して、文字を書く仕草をしながら明石は自分の人生が中年にしてやっとこれだけのことしか考えられなかったのを寂しく思った。それは立派な思想家、哲学者の人生観にくらべることの出来ぬほど、小さな貧弱な人生の見方だった。がしかしそれは少くとも明石のものだった。この病院のなかで彼が自分の口で嚙《か》みくだき、そして自分のものとしたのである。

だが、たった一つのことがまだ、明石には解けてはいなかった。あの眼が言おうとしている言葉なのだ。

少しずつだが彼の体力は恢復してきた。息ぐるしさは全く失《う》せたというわけではないが、もうヴェランダまで一人で歩きそこにしゃがんで日なたぼっこさえできるようになった。

「夢のようねえ」

妻は三回のすさまじい手術を思いだしながら呟《つぶや》いた。

「あなたが、こうしてもう心配もなく日なたぼっこをするなんて……。峠をやっと越してくだり坂になったと言う気持だわ」

そう呟く妻の言葉にはしみじみとした実感があった。くるしい峠をやっと登りきり、今やっと陽の光る平原を真下にみおろしながら坂をくだっていく……そのイメージが明石にも鮮やかに浮かぶ。

日なたぼっこをしながら、彼は植木鉢の花に指をふれる。葩《はなびら》の絹のようなやわらかな感触が彼の腕に伝わる。事物はたえず人間に話しかけようとしているのだ。それを聞くまいとしているのは人間である。

彼は肋骨《ろっこつ》の数本を失って凹んだ部分にそっとふれる。小さな貧しいこの発見をえるために自分はこの骨を失ったのだと思えばいいとしみじみ考える。

「さて、あとは体力の恢復を待つだけですな」

教授は平熱がずっと維持されている体温表に眼を落しながら、

「しかし、今だから話しますがね、一時は我々も途方に暮れていた時があったんですよ」

「それは知っていました」明石はうなずいた。「先生たちの顔色でわかっていたのです」

「あなたの心臓は手術台の上でとまったし」

「そうだったんですか」

「ここまで恢復されたのは……全く奥さんの看病のせいですよ」

教授は明石の細君をちらっと見ながら、

「すっかり良くなられたら、御夫婦で旅行にでも出かけられるといい。いや、奥さん。それくらいのことは御主人にねだられてもいいですよ」

旅行という言葉を耳にした時、明石は長崎という地名を当然、心に甦らせた。あの夢の中に出た踏絵のある町。

「先生」

「なんですか」

「私が――たとえば、その旅行で長崎に行くとしたら、あと、どのくらい待ったらいいでしょうか」

「そうですな」

教授は今まで決してそんなことはしなかったのに、はじめて煙草《たばこ》をとりだして火をつけながら、うまそうに紫煙を吐きだし、

「今年一杯は家で静養してもらいます。来年は少しずつ仕事をはじめ――長崎への旅行は大事をとって二年目ということにしましょうか。しかし、また、どうして長崎へ。お二人の故郷ですか」

「いいえ」

明石は首をふって微笑した。

「長崎は私も学会で三度ほど行きましたよ。あそこは広島ほどは原爆にやられていない。山の上にいい宿がありましてね。うん。もし、いらっしゃるなら、あの旅館を御紹介してもいい」

教授がこのようにくだけた態度をとり、安心したような話し方をするのは既に明石の恢復に自信があるからだろう。

やがてはこの病院を出ねばならぬと思うと明石はつぶさに自分がそこで生活したこの場所を観察しておきたいと思った。彼が何よりも一番先に行きたいのはあの屋上だった。

二カ月後、どうにかそれほどの息苦しさもなく廊下を歩きまわれるようになると、彼は妻のいない間をねらって、そっとエレベーターに乗った。

エレベーターは五階で終りなので、屋上に行くためにはどうしても階段を徒歩であがらねばならぬ。それはまだ恢復していない彼の肺機能ではむつかしいかと思われたが、

「はア、はア、はア」

三、四歩のぼるごとに息をつきながら、彼は常人の富士登山のような作業をやりはじめた。

開いた扉から風が彼の額にぶつかってきた。その風に陽のいっぱいに当った屋上の真白な洗濯物が万国旗のように鳴っていた。そして建物の凸凹のさまざまな影がシーツや布団《ふとん》カバーに動いていた。

手すりに靠《もた》れて明石は長いこと見なかったあの窓にそっと眼をむけた。一人の青年がその窓のなかで椅子《いす》にかけたまま新聞を読んでいた。血色のよさそうなその顔だちは彼がさしたる病気を持っていないことを示していた。おそらく盲腸炎か、足でも怪《け》我《が》をしてほんの二、三週間入院してきたのだろう。そして若い彼にはまだ自分が今、腰かけている部屋の中で人生のもっとも本質的なものがあったことに決して気がつかないだろう。

眼下の路《みち》や病院の中庭には相変らず、せわしげに人々の群が歩いていた。白衣を着た医者や看護婦、見舞客、丹前姿の患者、外来診察をうけにくる人々。その間を黄色やグリーンのタクシーがゆっくりと迂回《うかい》したりバックしたりしながら門にむかって進んでいる。

（やがては俺も、あの門を出る）

門の向うには都電が走る道路があった。果物屋。散髪屋。それから雑貨店と靴屋が並んでその隣りに信用金庫の三階建の建物がみえる。いつかは明石も今、あそこを何気なさそうに歩いている者たちと同じように、歩くだろう。その時、彼の意識の中では病院生活の中で最も大事だったこと——窓、九官鳥、煙——そういった事物がどういう重みで残っているか。

（おそらく、それは日常生活のなかではもう意識の下に追いやられるだろう。そういうものばかり考えていては生活できぬからだ）

生活と人生とは違う。明石は始めて喀血《かっけつ》した夜の酒場をふいに思い出す。同窓生たちは彼が病気の間、一度も見舞に来てくれなかった。彼が病気にかかったことさえ、たぶん知らなかったのであろう。連中はあの日と同じように今日も生活を持続しているだろう。連中は戦争に行った時、人生にふれ、人生を消耗してしまったにちがいない。俺もふたたび娑婆《しゃば》に出れば、どれだけ生活の中で人生を持続できるかおぼつかない。

「今日は」

うしろから声をかけられたので、驚いてふりむくと、エプロンをつけたおばさんが洗濯物を入れた洗面器をかかえて立っていた。

「おや、まあ、すっかり元気になって」

おばさんはいつか二、三度、会った荘ちゃんの附添いだった。

「あなたが手術をうけたと、チラッと聞いたもんだから、気にしてたんだけどね。奥さん、大変だったでしょうね」

「まあね」明石は曖昧《あいまい》に笑って「あの坊やはどうしました」

「荘ちゃんのことですか」

「ええ」

「それがね、あなた、ぽっくり死んじゃったんですよ。自家中毒のひどいのを起してね、やはり人工肛門《こうもん》で育てられている子供だから仕方なかったんだけど。まるで風にさらわれたように急に、死んじゃってね。死ぬまで、あたしに手をとられて、おばちゃん、おばちゃんと言ってたんだけど……」

するとと明石の眼に街の形相が急に一変した。中庭を歩いている医者や看護婦、人々、タクシーの群が突然消え去り、その代り、どこまでも拡がる家々のむこう、工場の煙突からひとすじの煙が真直にたちのぼっている。そして、あの窓の中にも新聞をよんでいる青年ではなく、ゴムの植木鉢のかげで仰向《あおむけ》に一人の中年男が寝ている……。

XI

「今度は本当に大丈夫なようですな」

教授はレントゲンを窓のほうにかざし、細めた眼でそれを見まわしながら、

「胸のなかもすっかり乾いている。これならばそろそろ、退院の検査をはじめてもいいでしょう」

「今度は、また、ぶりかえして四度目の手術ということはないでしょうね」

「大分、臆病《おくびょう》になられましたな。無理もない。随分、痛い目におあいになったから。

しかし、その心配はもういりませんよ」

一人になると明石はベッドの上に腰かけてヴェランダにおいた植木鉢の花を見つめた。いずれも妻が買ってきてくれたものである。お祭りの日に少女がしめる赤い帯の結び目を彼はその植木鉢の花を見ながら思いうかべていた。

一匹の小さな蜂《はち》がどこからともなく飛んできて、その花の周りをかすかな羽音をたてながら飛びまわっていた。そのかすかな羽音が午前の病院のしずかさを更にふかめた。遠くで大工が板を叩《たた》く音がする。

明石は困難な登攀《とうはん》をやっと達成して、頂きの岩に腰をおろし、陽のまぶしくあたる平原を見おろしている男のような気分を味わっていた。彼は自分があることを兎《と》も角《かく》もやり終えたことに満足していた。このような日差しを心地よい感覚で味わうのは何カ月ぶりであろう。

身支度をすませると、彼は教授回診がまだ行われているらしい廊下を渡って看護婦室にたち寄った。

「一寸《ちよつと》、散歩にいってきます」

「今日は明石さん。よい日だったでしょう。退院の許可がおりて」

鉛筆を片手に何かを書いていた看護婦が顔をあげて笑った。

散歩にいくことは明石にとっては恢復《かいふく》期の治療の一つだった。それは手術で常人の半分になった肺機能を少しでも、増すための訓練だったからである。医者は始めは百米、それに馴《な》れれば二百米、次に三百米と歩行距離を少しずつ延長し、体力を徐々にそれに順応さすように命じていた。

晴れたうつくしい日だった。彼は病院の入口にたって、まぶしく額に差してくる光を掌《て》でさえぎりながらあたりを見まわした。次々とタクシーや自家用車がすべりこんできて、外来受診の人々がおりてくる。薬局の前には、三列に長椅子《ながいす》がならんでいて、そこには、二、三十人の人が辛抱づよく自分の名が呼ばれるのを待っていた。

明石は建物と外界とを隔てる門まで歩きそこでたちどまった。ここから左は健康者の世界、ここから右は病人の棲家《すみか》。今、彼はその二つにまたがっている。一方には生活、もうひとつには不安や怖《おそ》れがあった。彼はどちらの匂《にお》いも知っていた。

さあ、今から何処《どこ》にいこう。彼はめずらしそうに一軒一軒の商店の前にたちどまって、そこに並べられてある品物とそこで立働く人々の姿を眺める。

果物屋にはツヤツヤとした林檎《りんご》やオレンジやレモンが光っている。そして甘酸《あまず》っぱい果実の匂いが一瞬、眩暈《めまい》を与える。ながい間、クレゾールの臭《にお》い、死の臭いしかかがなかった彼はこの果実の新鮮な香りを長い間、忘れていたような気がした。

「その、林檎を一つ下さい」

「林檎を一つ、ですか」

「そう」

ふしぎそうに一個の林檎を紙袋に入れて店の小僧は、しばらくの間、明石のよろめくようなうしろ姿を見送っていた。

彼はその果物を嗅《か》ぎながら歩いた。それは生命の匂いのように彼には思われた。口に嚙むとさぞかし、歯にサクッとしみるだろう。サクッとしみて、甘酸っぱい液が感じられるだろう。

これは幼年時代の匂いだと明石は思った。なぜこの林檎の匂いが急に幼年時代をすぐ彼に連想させたのかはわからなかった、だがこの林檎の匂いと幼年時代とには、その新鮮さにおいて共通するものがあった。

彼は子供の頃、姉に絵本を読んでもらったことを思いだしていた。その絵本には枝もたわわに真赤なまるい果実がなっている一本の大木がかかれていて、その背景に白い羊毛のような雲をうかべた牧場があった。これは何の果実かと彼は姉にたずね、姉は林檎の樹《き》だと答えた。

彼はその後、たびたびこの絵本をひろげ、飽かず、姉にみせてもらった絵をながめた。林檎の実がまるで紅《あか》い宝石のようにみのっている樹と、ひろびろとした牧場と雲の風景はおそらく今、見たならば甚だ通俗的なものであったろうが、子供の彼にはまるで現実にない世界のような衝動をあたえた。幸福とか不幸とかいうことは既に明石の心には当時、区別されていたから、彼は、これが幸福というものだろうと子供心にも考えた。

掌の上に林檎の重みを感じながら（肉のおちた腕には林檎の一寸した目方も感ずることができた）彼はその思い出をもう一度、嚙みしめながら、歩いた。

果物屋からしばらく歩くと、すぐ肉屋があった。肉屋の看板に「ハッピー」とかいてあるのが滑稽《こっけい》だった。そして中には白いユニホームを着た若い従業員がしきりに庖《ほう》丁《ちょう》を動かしながら肉を叩いていた。

やはり子供の頃、彼の家の前に古びた市電が通っていた。古びた市電は喘《あえ》ぐような油の切れた音をたてながら、通りすぎていく。その停留所の近くに一軒の肉屋があったのを明石は突然、今、思い出す。

彼が思い出しているのは肉屋ではない。肉屋の前に毎日、立っていた一人の女だ。晴れた日も雨の日も、停留所の近くにある肉屋の軒先きにその女は日暮れになるといつも立っていた。

明石はその女が狂人であることを知っていた。なんでも彼女は製釘《せいてい》工場につとめていた結婚したばかりの亭主が事故で死んでから頭がおかしくなったのだそうである。その夫がまだ生きている時と同じように日暮れになると彼女は停留所まで迎えにいく。そしてそこに一時間でも二時間でも立っている。

「可愛想《かわいそう》に」

近所のおばさんたちが話しているのを明石たち子供はきいたことがある。

「あんたたち、あの人に石なんか放っちゃあ、絶対にいけないんだよ。わかったね」

彼女は立っている。肉屋のすぐ近くの停留所の前に立っている。

夏の暮れがた、暑さは特にきびしい。氷と書いたウドン屋の布がだらりとぶらさがり、古びた市電は相変らず喘ぐように通りすぎていく。この停留所にとまらぬ時もあり、とまる時だって一人か二人の客しかおりない。その客のなかにはもちろん彼女の夫はいない。なぜって、彼女の亭主はもう死んでしまったからだ。それなのに西陽を全身に受けながらその女は立っている。

明石は三十年前の記憶を今、この肉屋の前を通りすぎながら急に思いだした。彼の記憶のなかではその頃、彼が住んでいる町の風景は曖昧である。肉屋がどんな店がまえだったか、その隣りに何があったのかも、もうわからない。それなのにただ停留所の前で西陽を全身に受けながら、何かを待っていた女の姿は今だって、はっきりと憶《おぼ》えていた。

(何かを、待っているか)

あの姿勢は人間の姿勢だと明石は今、思う。自分は幼年時代の絵本に出てきた林檎を今掌の果物から甦《よみがえ》らせ、肉屋の前では一人の狂女のことを急に考えたりする。この二つに一体どういう関連があるのか――しかしこの関連を考える暇は今後の自分にはもうないかもしれない。ふたたび日常生活に戻る明石にはこのような一見、追憶はたんなる感傷か、無意味な事柄にすぎなくなってしまうだろう。

病院に戻って、病室の扉をあけると、主治医の書きおきがベッドの上においてあった。

「明日から退院検査をはじめますので明朝は絶食しておいて下さい」

退院検査はほぼ手術前の検査と同じである。気管支のなかに気管支鏡の管を入れて内部を覗《のぞ》かれるブロンコ、スコピイ。同じく気管支の中に造影剤を入れて写真をとる検査、肺活量および肺機能検査いずれも経験した者なら誰だって楽だと言えないようなものばかりだったが、明石はもうその要領を知っていたから、自分がどのくらい辛抱できるかを測定することができた。したがって不安はほとんどなかった。

「大体、終りましたね」

防毒マスクのようなセルロイド製のマスクをした若い医者は、外科ベッドに横たわって麻酔液を口内に受けている明石にそう親しげに話しかけた。

「おかげえ、しゃまで」

舌が麻酔液ですっかり痺《しび》れている彼にはうまく返事ができない。赤坊《あかんぼう》のような声で答える。

「今のところ、テストをパスしていますよ」

「ありがと」

この検査にどこもひっかからずにパスをすればあとは退院期日をきめることしか残っていなかった。

「何年でしたかな。入院されたのは」

「一年と八カ月」

走馬燈《そうまとう》のように過ぎ去った二十カ月のさまざまな出来事がその時、明石の眼に浮かんだ。特にはじめてこの病院に妻とおずおずやってきた夕暮の情景はせつないほど鮮やかに彼のまぶたの裏に残っていた。

一年と八カ月の間に彼が少しずつたどりついた地点はまず事物はたえず人間と交流しようとしていると言うことだった。事物の囁《ささや》き、そのひそかな接触を拒むのはむしろ人間のほうだった。夕暮、乳色の空にたちのぼる工場の煙をかつて明石は考えるに価《あたい》しないつまらぬ風景だとしか思っていなかった。だがそれは間違っていた。それは人間すべての哀《かな》しい身動き（たとえば、あの窓の手を握りあっていた夫婦）の投影であり、暗示だった。あるいは乳色の空にたちのぼる煙が人間の哀しい身動きそのものをあらわしていた。

しかしそれだけではないことを明石が知るにいたったのは、あの夜、九官鳥のぬれた眼を知った時からだった。

あの眼はどうにもならぬ人間すべての身動きを見つめ、何かを言おうとしていた。だが、何を言おうとしているのか。第一に明石にわかるのは、その眼が決して人間にたいする憎しみの眼差《まなざ》し、侮蔑《ぶべつ》の眼差しではなく、それとは全く逆に共感の眼差しであることだった。それは人間を理解しようとし、人間を愛そうとする眼差しだった、そして更にそれ以上に……。

そして更に、それ以上に……。そこから明石にはまだ摑《つか》めない。摑めるようで、手が届かぬ何かであるのだ。

（それを考えることを健康になっても忘れるな）

明石は退院検査のつづくこの毎日、自分に言いきかせる。そしてともすれば、一種の解放感のためにゆるみがちな心を戒める。

「明日、明石さん、退院」

看護婦室の黒板にだれかが、そんな悪戯《いたずら》がきをしていった。

「いよいよ、明日か」

明石はベッドの上で足をブラブラさせながら妻のうしろ姿を見つめていた。エプロンをつけた妻は明日もちかえるこまごまとした食器や皿を新聞紙にくるんでいた。

「意外に沢山あるね」

「私もびっくりしていたの。正直こんなにここに持ってきたとは思わなかったわ」

「そりゃあ一年八カ月のあいだ、鼠《ねずみ》が何かを引いていくように、チョコチョコ、うちから運んできたんだからな」

「植木鉢、どうします」

「そんなものまで持って帰る必要なんかないじゃないか、それより、だれかにあげていこうよ。ここの病棟の人に」

明石は丹前の帯をしめなおし、スリッパを足にひっかけて、陽のあたるヴェランダに出た。

彼はそこに、もうすっかり止り木の落ちたあの九官鳥の鳥籠《とりかご》を見た。

水入れはなくなっていたが、しかし九官鳥の糞《ふん》のあとが鳥籠の方々についていた。

帯の中に両手を入れたまま、明石は長い間、それを見つめていた。

「おい、新聞紙とマッチをくれないか」

「何をするんです」

「いいから、渡してくれよ」

三四枚の新聞紙を固くまるめて火をつけ、炎が勢よく拡《ひろ》がった時、そのなかに鳥籠をそっとおいた。乾いた音をたてて鳥籠の竹は燃えはじめる。炎はまるで大きな舌のように床をなめ、糞のついたあとを真黒い染《し》みの中に巻きこむように包んでいった。それを凝視していることに、残酷な快感さえあった。

(燃しているのは、あの夜の俺だ)

あの時、彼が妻にさえも言わぬ言葉を聞いたのは、九官鳥とこの鳥籠だけだった。

「どうしたの。危いじゃありませんか」

妻がとんできて、

「火事になったら、どうするんです」

「大丈夫だよ。水は用意してある」

「そんなもの、別に燃やさなくても、ゴミ箱に入れておこうと思ったのに」

明石は微笑しながら首をふった。

今夜のために僅《わず》かな道具をのぞいて、荷物がすっかり整理されると、今まで乱雑だったこの病室が急に虚《うつ》ろに見える。

「明日の黄昏《たそがれ》には、もう、俺はこの部屋を去っているんだな」

「そうよ」

「すると、この部屋はもう誰もいなくて、ガランとしていることだろう」

彼はもう自分の姿のないこの部屋の情景を想像した。マットが寝台の上に一つ、放りだされてあるだけだろう。そのマットの真中にそこだけ長湯のあとの指のように白くふやけて凹《へこ》んだ部分がある。それは一年八カ月のあいだ、彼の肉体が横たわったためにできたのである。九官鳥がいなくなったあとにもあの鳥籠に鳥の何かが残っていたように、マットには明石の長かった病気生活の痕跡《こんせき》がついている。

「今度はこの部屋にだれが入るだろう」

「さあ。どんな方かしら」

「その人は俺と同じマットの上で毎日ねるわけだな」

毎日、このマットの上で、その新しい患者はこの天井や雨の染みのついた壁を見まわすだろう、明石が怯《おび》えたように、その人も怯える夜を過すだろう。その人は明石のことを何も知るはずはない。だが……

（ここに来た頃、俺は病院を街道の旅籠屋《はたご》のように思っていた。見も知らぬ人が次々と泊り、おたがいその名も知らず翌日、わかれていく場所。しかし、そうじゃない）と明石はぼんやりと考えた。（俺は今度この部屋にくる新しい患者の名も顔も職業も知らない。しかしその人がここで味う感情がどんな不安を感じ、何を考えるかはわかるような気がする）

その夜、妻が引きあげたあと、彼は病院での最後の夜をすみずみまで味うために、長い廊下をゆっくり歩きまわった。

既に消燈時間が迫っていた。洗面所では顔を洗ったり、口を漱《すす》いだりする就寝前の婦人患者たちの笑い声がきこえていた。そして彼女たちがそれぞれの病室に去ると、廊下は妙にしいんと静まりかえった。

「消燈ですよォ」

兵営の物哀しいラッパのように巡回看護婦が廊下を歩きながら、各病室に声をかけていく。

（あの声をきくのも今夜が最後だな）

流石《さすが》に感慨ふかいものがあった。病室の灯がいっせいに消えた。廊下にだけ暗い電燈がポツンポツンと光っている。

巡回看護婦が一人だけ廊下に立っている彼をとがめるように近づいてきた。

「だれ。どうしたの。気分でも悪いんですか。ああ、明石さん」

「いやね。最後の夜だもんだから、何だか感傷的になってね、もう少し、歩きまわっていてもいいでしょう？」

「ここから去っていくのがそんなに寂しい？　あら、寂しいことなんかないわね。退院だもの」

「なつかしい場所だが、二度と来たくはないさ」

「で、しょう。二度と来ちゃあ駄目よ。じゃあ、今晩だけ大目にみてあげますから、風邪をひかないように気をつけてね」

明石はうなずいて階段をのぼっていった。屋上に出ようと思ったのである。つめたい石の階段に彼のサンダルの音だけがペタッ、ペタッとなる。どの階の病室ももう真暗で、灯をつけているのは隅にある看護婦室だけである。屋上の扉をあけると流石に冷たかった。彼は流石に外に出るのがためらわれて、そこから、遠く空を赤く焦《こ》がしている新宿の空を眺めた。あれは銀座の方向か、でなければ新橋のネオンのかがやきであろう。彼はその光を見つめながら自分がはじめて喀血《かっけつ》した夜を思いだす。

退院の朝はまぶしかった。陽の光がまぶしいだけではなく、思わず口もとがほころびかけるのを患者や妻に見られるのが恥ずかしく照れくさかった。

「忘れものはありませんね」

主任看護婦が時々、部屋を覗きこみながら、

「あとで移動申告書を渡しますからね」

忘れものをしようにも、妻があらかた昨日もちかえっているから、部屋の中には一年八カ月ぶりに着る背広が一つ、壁にぶらさがっているだけだ。あとは主治医から診察を受ければいい。

「さあ。病院での最後の診察です」

若い主治医は、聴診器を明石の体に動かしながら、ふん、ふんとうなずいて、

「経過には別に異常はないようですね。さあ、これですべて、終りました。今、すぐ退院されてもよし。御希望ならば、夜、お帰りになってもよし」

「今すぐ、帰らして頂きますわ」

妻があわてて、横から口を出すと、

「そうでしょう。もうここは飽き飽きされたでしょうから」

「先生には色々とお世話になりました」

「行き届きませんで」

主治医が部屋を出ると、明石と妻とは顔を見あっていた。

「ながいこと」明石は眼を伏せ、両手を膝《ひざ》において頭をさげた。「大変だったろう。本当に苦労をかけた」

結婚してから妻にこんな丁寧なものの言い方をしたのも、頭をさげたのも明石にとっては始めてだった。

「苦労をかけた」

突然、妻は両手で顔を覆《おお》って泣きはじめた。泣声は小さな部屋の中で、ただ一つの、生きもののようにいつまでも続いていた。明石は頭をさげたまま、じっとしている。

「さあ、出発するか」

彼が背広を――二十カ月ぶりで手にする背広に手を入れてると、妻は泪《なみだ》をふきながら手伝いはじめた。

「流石にダブダブだなあ」

「そりゃあ、仕方がないわよ、瘦《や》せたんですもの」

「瘦せたというようなものじゃないからなあ」

健康だった時にくらべて明石の体重は八キロも落ちていた。しかし、彼はやっとパジャマから健康者の制服であるこの背広を着ることを許されたのだ。

「出るよ、本当に何も忘れものはないね」

「ありませんわ」

扉をしめ、錠をかける時、彼はもう一度、病室の中を覗きたいという烈《はげ》しい衝動に駆られた。

昨日の想像通り、部屋の中にはむきだしの壁と陽に黄色く焼けた木綿のカーテンのぶらさがっている窓と、そして鉄製の寝台一つしか残っていなかった。マットはその寝台の上に孤独なまま放りだされてあった。まるでこの病室で暮した長い日々に孤独だった彼の姿をそのマットが今、単独ですべて引き受けているようだった。

明石はふかく息を吐きだし、扉をしめた。

二十分後、荷物を膝の上にかかえた彼と妻とを乗せたタクシーは病院の門をあっけないほどの早さで通りぬけていった。本当に明石にとっては口惜《くや》しいほどのあっけなさだった。ふりかえって病院の白い建物を彼は眺めようとしたが、それさえ、できなかった。

街――。

バスが走っている、車の列が交叉点《こうさてん》でとまっている。横文字を書いた珈琲店《コーヒー》。建築中のビル。黄色い旗をもって横断歩道を通過する小学生たち。

「東京は変ったなあ」

「そんなに変ったかしら」

「変ったよ。この通りにはあんな建物なんかなかった。道幅もこんなじゃなかった」

「そうね、一年半もあなたは、何も見なかったんですもの」

「別のものを見ていたのだ」

タクシーは宮益坂《みやますざか》から渋谷をおりていた。デパートが改築するのか、それとも新しく地下道をほるのか、作業の板がほうぼうに立っている。

「渋谷は、俺が入院する時から、何かいつも工事ばかりしている街だったが、まだ完成しないのだな」

靴屋、貴金属品店、婦人洋品店、映画館、映画館の看板には明石の知らぬ外人女優の顔がペンキで描かれていた。そしてその前にかなりの青年たちが行列をつくっていた。「沈黙」という題の映画である。

「運転手さん。すまないが、ゆっくり走らせてくれませんか。ながいこと入院していたので何もかも珍しいんだ」

自動車が徐行しはじめると、道玄坂をおりる人々の顔がやや、はっきりと見えてきた。友人や恋人に何か笑いかけている青年たちの顔。飲食店のショーウインドオを覗きこんでいる男の顔。洋品店から大きな紙袋をぶらさげて出てきた女の顔。

それらの顔は一応、生活の顔だった。病院で明石が毎日、見てきたあの顔とは違っていた。ゴムの植木鉢のうしろでじっと横たわっていた中年男の顔ではなかった。だが、それらの生活者の顔がある日からあの病院の患者の顔に変化しないとどうして言えよう。生活などは要するに仮相にすぎないのだ。

車は上通りから彼の家のある駒場《こまば》にむかって、右折したり左に折れたりしながら走っていった。

「なつかしいでしょう」

「うん」

それから車がとまり、彼は自分の家の前にたって、いかにも無関心を装《よそお》いながら郵便受けに手を入れて今朝の新聞を引きぬきながら玄関にむかって歩いていった。

「こんなに小さかったのか、俺の家」

「何を言っているんです」

「こんなに小さいところに住んでたわけだな」

病院から我が家に戻って、畳の上にあぐらをかくと、昔、一向に気づかなかったことが感じられた。住んでいた頃さして手狭には思っていなかった我が家の一部屋、一部屋がまるで玩具《おもちゃ》の家のように可愛《かわい》く見えてくるのである。

「こんなものだったのかなあ」

「大きな病院の中で住んでいたからですよ」

妻は女中を手伝わせて、台所と茶の間とを往復していた。ささやかだが退院を祝おうというのである。

縁側にたって硝子《ガラス》戸をあけると、猫の額のような庭には隣家の塀が迫っている、樹《こ》だちのかげにその屋根がみえる。生活の視界というものはこんなに短い。ここからは、もうかつて黄昏あの屋上でしたように、街全体を、つまり無数の人々の人生を見たり、考えたりすることはできまい。

(それでいいのだ)と明石は思う。(今日から俺にも人生ではなく、生活が戻ってきた。生活のなかであの死の世界でのように毎日毎日、人生を考えることはできない。しかしそれだからと言って、俺はどうして、あのたちのぼる工場の煙、荘ちゃんのこと、窓からみえた風景を忘れることができるだろうか)

彼は長崎に健康が恢復《かいふく》したら、どうしても出かけようと思っていた。あの眼の問題はまだ彼の心に解かれぬままに残っている。長崎に行けばそれが理解できるのか、どうかわからぬが、兎《と》も角《かく》も出発せねばならぬ。

夕方になった時、

「おい、散歩してみようか」

「本当？」妻はそう言いかけて「だって、今日はあれや、これやで疲れているでしょう」

「遠くまでじゃないよ。そのあたりさ」

妻と二人で散歩するなどということも、いつか、外苑《がいえん》に出かけた時以来である。

「じゃあ、待って下さい。夕飯の買物をついでにしますから」

「よせよ。今日はあまり所帯じみたことを言うな」

駒場の小さな商店街は明石の家から歩いて十分もかからなかった。商店街といっても私鉄の駅にある一握りの店のかたまりにすぎない。

夫婦はそれでもいかにも珍しそうに、薬屋や靴屋や本屋を覗《のぞ》きながら歩いた。

「珈琲が飲みたいな」

商店街の裏にはそれでも駒場の大学生たちを相手にするマージャン屋や喫茶店が二、三軒あった。

彼等がその一軒の喫茶店の扉を押すと、中には大学生が麦酒《ビール》をのみながら雑談をしていた。

「つまり、それは一種の日和見《ひよりみ》主義にすぎないと思うんだ。少くとも前むきの姿勢じゃないな」

「そうかな。俺はそう思わないけど」

明石はあつい珈琲を咽喉《のど》にながしこみながら、うまいと思った。

「随分、長い間、珈琲の味を忘れていた」

「あら、病院でも珈琲ぐらい飲めたでしょうに」

「それとこれとちがう。消毒薬の臭《にお》いがここにはどこからも鼻にこないもの」

こういう感じは入院をしなかった者には絶対にわかるまい。この珈琲の味には手術をしたあとの生き残ったという悦《よろこ》びのようなものが交っているのである。

「一年ぐらいして、すっかり体が立ちなおったら、長崎に行こうかと思うが……君も一緒に行かないか」

「長崎に。なぜ、長崎なんかを考えたんですか」

「いや、別に……いいじゃないか。君も看護をしてもらったからそのお礼もあってさ」

妻になぜ長崎に行くかを説明しようとしても説明しかねるものが心のどこかにあった。

「干潮の時、人間はよく死ぬんだってね」

「そうですってね。でも縁起でもない」

「病院でも干潮の時間にいろいろな人が死んでいったなあ」

「でもあなたはこれから満潮じゃありませんか。退院をしたんですもの」

「新しい生命が生れるのは満潮の時刻か。満潮の時刻に赤ちゃんは多くの場合、生れるんだな」

そう言いながら、彼はまだ話をつづけている大学生たちの話題を聞くともなしに耳にしながら、それが自分たち夫婦の話題とは本質的にちがうのを感じていた。

「とに角一〇・二一全国統一行動で確認したことを更に徹底させなくちゃいかんと思うんだ」

「そうだな。同じ安保反対でも社会党は反独占統一戦線だし、共産党は民族民主統一戦線だからな」

彼等は大声でそんな議論をしながら喫茶店を出ていった。

XII

大村の飛行場を降りると秋の日差しというよりはまだ晩夏のなごりをもった強い光が明石のまぶたを差した。

レインコートと小さな鞄《かばん》を片手にして彼はまぶしそうに白いすすきの穂の光っている飛行場をずっと見渡した。

向うの地平線に山波が蒼《あお》くみえる。彼は他の客たちにまじって小さな建物を通りぬけ、長崎に向うバスに急いで乗りこんだ。

長い間、飛行機のなかで無理な姿勢をとっていたせいか、首から手術をしなかった方の背中がすっかり、こっている。ふしぎなもので術後はメスを入れた左よりも右の背中に重心をかけるせいか、どうもそういう結果になるのだ。

彼が首を左右にまげて、そのこりを取ろうとしていると、

「発車オーライ」

バス・ガールが最後の乗客をのせて扉をしめた。バスは大村から諫早《いさはや》町を経て長崎にむかうのである。

細長い町を通りぬけた。左手に自衛隊の航空学校の長い塀がみえる。旧航空隊の兵舎をそのまま使っているらしい。ここからあまたの特攻隊が南の基地にむかったということを明石は話にきいたことがある。

右は海である。午後のまだきびしい光をうけて海は鉛をとかしたように白く光っていた。遠くに小島が散在し、陽をあびた白帆の舟が二、三隻《せき》、浮いていた。

バスにゆられながら、彼は三年前、あの入院生活で考えてきたことをやっと実現できるようになったか——そう思って流石《さすが》に感慨無量だった。あの頃、自分はもう十年ぐらいは旅をするなどは思いもよらぬと思っていたのである。術後の衰弱した体では狭い病室を一寸《ちよつと》、歩いただけで息切れがするような始末だったから、東京から長崎まで飛行機に乗るなど夢のような話だったのだ。

バスはむかし大村家の城だったという大きな森の横を通りぬけた。大村純忠《すみただ》がキリシタン大名でこのあたりにはあまたの宣教師や信徒たちが住んでいたことは明石も知ってはいたが、この城はおそらく、純忠以後のものであろう。

彼は鞄の中から飛行機で読んだこの辺の切支丹史の本をとりだして、何ということなく頁《ページ》をめくってみた。

この本の中には、大村から長崎にいたるまでの部落でさまざまの殉教が行われたことを書いていた。殉教者のなかには日本人もあれば、南蛮人もあった。南蛮人とは言うまでもなく波濤《はとう》万里《ばんり》、遠いエスパニア、ポルトガル、イタリアから船にのってこの日本に布教にきた南蛮宣教師たちのことを言うのである。

明石は陽に光る海をみた。島をみた。また反対側にどこまでもつづく山々を見た。風景はあるいは変っても、この海、この島、この山々はそうした信徒や宣教師たちの眼にもそのままうつったにちがいない。彼等が見たものを今、自分も見ているのである。

（ちがうな）

と明石は首をふった。

彼等が見たままに自分も今、見ているのではない。それらの人々は宗教迫害という状況のなかで毎日、追手から逃れ、死の意識に捉《とら》えられながらこの海、この島、この山を逃げまわったのだ。

（一体、どうだったろう。その時は……）

はす向いの客が話している。

「長崎にはどのくらいで着くかね」

ここあたりの地面には血がしみこんでいる筈《はず》である。たとえば、ほら、今、バスは鈴田という部落をすぎた。鈴田農業組合という木造の建物がみえたので明石にはすぐわかった。

往時ここには切支丹の牢獄《ろうごく》があったと膝の上の本には書いてある。その牢獄がどんなものだったかはわからない。おそらく納屋《なや》のような粗末きわまる建物だったにちがいない。

だがそんなさりげなく書かれた一行の文字が今、明石の心を引きつけるのは、彼にあの病院生活の思い出があるからだった。

病院が牢獄だとは言わない。しかし牢獄の中にとじこめられ、日夜、自分の死、他人の死のことだけを考えていたこうした信徒たちの眼に外界の事物がどう、うつったか、明石はそこに心ひかれるのだった。自分もあの時、さまざまな物を見た。生活の中では無意味な価値のない事物があそこでは一つ一つ、大きな重さを持っていた。

だから鈴田部落の切支丹たちにも今、暮れなんとする海と山と丘とはきっと、色々な意味を持っていたにちがいない。それを今、明石は見ているのだ。

「一時間もかからんとでしょ」

「長崎のおくんち祭はもうすんだですか」

「あれは十月ですよ。一度、見物されるがよかとですな」

だが明石にはもう一つ、この旅行の間に考えておかねばならぬ問題があった。「眼」である。

こうした切支丹なら切支丹の人々の人生をじっと見ていたもの、それをある者は歴史となづけ、別の人は神と名づけるだろう。明石にはまだ歴史や神はわからない。しかしこうして黄昏《たそがれ》の微光のなかで静かにたたずんでいる蒼い山や海や島々をみると、この非情な事物が決して無言ではないような気がするのだった。

あたりが暗くなりはじめてから諫早という小さな町でバスはとまった。乗客たちは窓をあけて今まで禁止されていた煙草《たばこ》をあわてて吸っている。

斜め向うの果物屋に真赤な林檎《りんご》が並んでいる。土地の高校生らしい生徒が二人そのつめたそうな林檎を齧《かじ》っている。彼等の白い歯が電気の光に光って、明石はなぜか、自分の病室の臭いをそこに発見した。

予約しておいた宿屋は街をみおろす丘の上にあった。丘の名は風頭《かざがしら》山といった。

「お一人で寂しかとでしょう」

食事の給仕にきた女中は何か話さねばならぬために、そう訊《たず》ねた。

「お仕事で来られたとですね」

「いやぁ」

明石は首をふり、その途端、米粒が丹前の膝《ひざ》の上にこぼれた。

「もう、すこしあとで来られたら、よかとでしたよ。お客さん。長崎のおくんち祭を知られとるでしょうが」

「テレビで中継を見たことがあるよ」

「そうですか。それは盛んな祭ですよ。大阪からもわざわざ見にこられるお客さんがありますからねえ」

女中は明日、彼にどこに行くのかと訊ねた。佐世保出身のこの女中は自分の郷里にちかい西海橋《さいかいばし》という橋を見に行けとしきりにすすめる。橋の下の海峡の早さは鳴門《なると》のそれに負けないのだそうだ。

「そうかね」

「バスに乗られて行かれるとよろしかとです。はあ。針尾島ちゅう島にありますがねえ」

「有難う。暇があったら寄ってみるよ」

そんな暇は本当はなかった。明日の夕暮彼はふたたび大村を発《た》って東京に戻らねばならない。彼が見たいものは女中の奨《すす》める西海橋でも、観光案内書にのっている浦上や大浦の天主堂、むかし中国人が作った眼鏡橋、グラバー氏が住んでいたグラバー邸でもなかった。彼はただ、一つの「あるもの」を見るためだけにこの長崎に来たのだった。その一つの「あるもの」はひょっとすると、長い入院生活で彼が摑《つか》もうとしたものに、ささやかだが結論を与えてくれるのかもしれなかった。結論を与えないにせよ、これを見ることによって明石は自分の「病院生活」の体験に終止符を打とうとさえ考えていた。

女中が盆をもって部屋を去ったあと、彼は窓から長崎の夜景をぼんやり眺めていた。あれが原爆の落ちた浦上、こっちが出島、手前に自動車の列が長く続いているのが思案橋であり、昔、華やかだった丸山町——そうさっき教えられたのだが、彼にはそんなことは全く興味がなかった。

明石はむかし、あの病院の屋上から幾度も幾度も、夕暮の東京の街を俯瞰《ふかん》したことを思いだした。あの時は、夕暮の空の色、まっすぐに立ちのぼる工場の煙、家、窓、とるに足りぬそれらのものが彼の胸に迫り、しめつけてきた。それに比べてこの長崎の夜景はたとえどんなに観光客の眼をたのしませるものであるにせよ、明石には無意味なものであったろう。女中がまた入ってきた。

「お布団《ふとん》おひきしましょか」

「そうだね」

布団をしいてもらっている間、彼は廊下の椅子《いす》の上に絵葉書を出して、妻に何かを書こうと思った。

「無事に着きました」

ここまで書いたがあとが続かなかった。自分が今、考えていること、感じていることを妻に伝えたいと思ったが、それは幾枚の便箋《びんせん》を費しても足りぬような気がする。

「それじゃあ、お客さん、失礼させてもらいます。明朝はお早いお発ちですか」

「九時、いや九時半頃、出かけます」

闇《やみ》のなかで、明石は眼をつむって眠ろうとする。退院後、はじめての長旅のせいか、心も体も妙に冴《さ》えている。

闇の中で音はない。だがこの長崎の夜の沈黙はかつて二年の間、彼が毎夜毎夜味ったものとは違っていた。あの闇は人間のどうにもならぬ孤独の一つ一つが集って出来たものだった。

（荘ちゃんは、どうしているだろうか）

彼は階段の上から紙飛行機をとばしていた少年のことを思いだした。やがては死ぬと運命づけられた人工肛門《こうもん》の子供のことである。

（窓のなかの夫婦……）

ゴムの植木鉢が窓辺においてあった。西陽があたっていた。彼等は手をとりあっていた。

（病室の匂《にお》い……）

明石はこれらの思い出を退院後も数限りなく嚙《か》みしめた。そして全《すべ》てこうした人間のどうにもならぬ生をじっと見つめている眼をその向う側に予想した。その眼が一体、何を言おうとしているかがまだ明石にはわからない。わからないから彼はこの街に来たのである。ひとつの「あるもの」を見るために……。

翌朝もまぶしい光が眼下の長崎の町を照らしていた。

街全体が妙に白くみえるのは海の光が反射しているためかもしれない。湾は長細い入江にはさまれてどこまでも続いている。湾の入口には幾つかの島が点在している。

むかし一度この街にきたことがある。その時、福田という所までいき、その丘の頂きから湾全体を見おろしたことがあった。

「どこへお出かけですか」

昨日の女中はまた、彼にしつこく訊ねた。悪気で言っているのではなく、土地の人の親切心からそう訊ねてくれているのである。

「大浦だよ」

「天主堂ですか」

「いや、そうじゃない。あそこに古い洋館があるだろう。ここに住んでいたイギリス人の家具や食器なんか陳列した……」

「そげん家があったとですか」

女中はふしぎな顔をした。グラバー邸のことですかとも聞いた。

「そうじゃない」

彼は首をふった。

「そげんとこは有名じゃなかとですよ」

女中は地図を片手に明石に大浦天主堂に行くことを奨めた。

「じゃあ、寄ってみるよ」

話を打切るだけのため彼はうなずいて、頼んでおいた車にのった。

車はまがりくねった坂道をおりて、思案橋に出た。このあたりが長崎で一番にぎやかなところだった。映画館では女の上半身、裸になった看板が出ている。ここの名産であるカステラやべっこうを並べた店に修学旅行らしい高校生が群がっている。

「なぜ、ここを思案橋かと申しますと、丸山の遊廓《ゆうかく》に行く者《もん》が、ここにて行こか、戻ろかと思案したとですな」

頼まれもせぬのに、運転手は説明をしはじめた。きっとあの宿の親切な女中に頼まれてきたにちがいない。

「随分、高校生が多いね」

「シーズンですよ。お客さん。そりゃあと半月もすれば、もっとふえるとですよ、お客さん。おくんち祭ですたい」

また、おくんち祭かと明石は苦笑する。

大浦に入ると、高校生の列はもっとおびただしくなった。あっちの坂路《さかみち》、こっちの坂路から教師に引率された黒服、セーラ服が体をぶつけ合いながら集ってくる。彼等の笑い声や高い叫びが天主堂の前に集中する。

明石は車をおりて、それら高校生の列にさえぎられながら目的の洋館に近かづいていった。そこに彼が長崎まで見に来た「あるもの」が陳列されているのだ。

「つまらんよ。ここは」

「みるもんなんか何もありゃせんぜ」

その洋館から出てきた高校生が五、六人、そう言っていた。明石は切符を買って真直《まつすぐ》にそれが陳列する部屋に歩いていった。

それは四角い硝子《ガラス》ケースの真中に、錆《さ》びたロザリオやメダイユなどと一緒に並べられていた。明治時代の英国人が使ったという家具や銀器、それに長崎の土産物をならべたこの建物のなかにどうしてこういう切支丹時代の遺品がおかれているのか、わからない。

それはよごれた踏絵だった。厚い木の板の中にもう黒くなった銅版がはめこんである。銅版には十字架に釘《くぎ》づけられて両手をひろげた基督《キリスト》の上半身が彫りこんであった。ここでは誰もそんなものに注意するものはなかった。明石だって、むかし始めて長崎に来た時は、ほんの一寸、硝子ケースを覗《のぞ》きこんだまま、通りすぎた記憶がある。それなのに、この踏絵は彼の意識の奥に長い間しまわれていた。そして手術後の夢のなかに理由もなくひょっくりと出現したのだ。

(どうして俺は、ああ言うものを思いだしたのだろうか)

その後、幾度も明石は考えてみたが、その理由はわからなかった。たしかなことはそれが彼の記憶の集積のなかに兎《と》も角《かく》も消滅せず埋れていたと言うことだ。消滅しなかったと言うことは、何か彼の心にひっかかっていたとも言える。しかし、どのようにひっかかっていたのだろう。あの頃の明石は切支丹のことなど一向に智識《ちしき》も興味もなかった。自分とは縁遠い世界の話だぐらいにしか考えていなかった。

「土産物こうたか」

「まだよ」

「買うもんがみつからんよ。一緒に来て」

四、五人の高校生たちがまた音をたてながら部屋の中に入り、明石がじっと踏絵を覗きこんでいるのを見ると、好奇心にかられてそばに寄ってきた。

「なんだ」

「いこ。詰らん」

彼等がいなくなると部屋の中は急に静かになった。明石にとっては部屋中の静かさが、この硝子ケースの中の物体に吸いこまれた感じである。

踏絵の板は随分、よごれていた。とりわけ右端にはそれとはっきりわかる大きな親指の痕《あと》があった。これを踏んだあまたの日本人の足痕なのである。

踏絵が切支丹か否《いな》かを調べるために徳川家光の時代、当時の宗門奉行によって発明されたものであることを彼は退院後、本で読んで知った。

迫害時代がすんだあとも、長崎では正月五日になると各町の代表が奉行所からこの踏絵を借りうけて、町内をまわったと言う。まず男が踏み、女房、子供が踏み、病人がいればその足に寝させたまま触れさせたと言う。

この黒ずんだ親指の跡が、迫害中のものなのか迫害後のものなのか、彼にはわからない。しかし明石にはなぜか、迫害中のもののような気がする。

明石はその踏絵の前にたった一人の男を想《おも》いうかべる。彼は切支丹である。もしこれを踏まなければ拷問《ごうもん》や死刑に会うかも知れない。そういう事態に追いこまれて、彼は肉体の恐怖から、この基督の顔を踏んでしまう。いわゆる「転び」になるのである。

だがそうした弱者たち（切支丹で生き残った者はすべて弱者だった。転び者だった）は踏絵を苦痛なしに足かけなかったにちがいない。

自分の一番愛しているもの、自分が一番うつくしいものを汚《けが》すことに悦《よろこ》びを感ずるものはいない。悦びがあったとしてもそれは倒錯的な悦びである。彼は今まさに、この顔の上に足をかけようとする。足に痛みが走る。鋭い痛みが走る。

その痛む足がべっとりと苦痛の痕を踏絵の板の上に残す。それがこの親指の痕だ。

明石はそこまで考えて眼をつむった。まぶたから頭にかけて軽い眩暈《めまい》を感じたからである。

眼をあけてもう一度、踏絵を見る。木にはめこまれた銅版の基督の顔は無数の足にふまれたためか凹《へこ》み、摩滅していた。凹み摩滅したその顔は明石がたとえば西欧の宗教画集などでたびたび見た基督の顔とは全くちがっていた。それは衰弱し、消耗し、そして哀《かな》しそうな眼でじっとこちらをむいてる基督の顔だった。人間と同じように、みじめで孤独な基督の顔だった。

その眼差《まなざ》しは決して恨んではいなかった。自分の顔に足をかけるものを憎んではいなかった。

(私は……お前の足の痛みを知っている。お前がそれに耐えられぬのなら踏みなさい。私の顔に足をかけるのだ。もし、お前を愛する者が私と同じ立場にいたならば、その人は私と同じことを言うだろう。踏みなさい。足をかけなさい)

この声が静まりかえった部屋の中で明石にふと聞えた。

九官鳥の眼……、ああ、この基督の眼差しはあの病院の九官鳥の眼と同じだった。彼が少年時代に雨の日雑木林のふちで、うずくまった犬の眼の中に発見したものと同じだった。

明石は硝子ケースに両手をあてたまま長い間、動かなかった。それら病院のなかで彼が体験したものが、今、ようやく焦点を結びつつある……。

東京に戻ると、随分、長い間、家から離れていたような気がする。たった二日の旅なのに、まるで一カ月も留守にしたような感覚だった。

「ふしぎだな。こんな感じになる筈《はず》はないのに」

そう妻に言うと、彼女は笑いながら、

「退院後、はじめての大旅行だったんですもの。おっかな、びっくりであなた行ったんでしょう。でも何も障《さわ》りがなくて本当によかったわ」

「一度、念のために血沈だけはとっておいてもらおう」

もちろん大丈夫だとは思うが、妻の言う通り飛行機に乗って九州まで行ったあとだから血沈ぐらいはとっておこうと明石は思った。

翌々日、土曜日で会社が昼までなので彼は病院の医者に都合を電話できいてみた。

「結構ですよ。ついでにレントゲンもとっておきましょうか」

この六カ月ぐらい、彼はレントゲンをとっていなかった。本当は退院後、五、六年は三カ月に一度、写真をとるほうがいいのである。

その日は晴れていた。会社の帰り病院に寄ると、かつて主治医だった若い医者は外来の診察室で彼を待っていてくれた。

レントゲンの結果は二、三日しなければわからないが、血沈は二時間も待てば判明する。

「元気ですか」

聴診器をあてながら医者は二、三の質問をして、

「異常はないと思いますよ。しかしまあ無理はしないで下さい。二度と入院生活はしたくないでしょう」

と笑った。

「どうします。血沈の結果、あすにでも連絡しましょうか」

「いいえ。待ってましょう。病院の中をぶらぶら散歩していますよ」

と彼は首をふった。

外来診察室を出るとがらんとして人影のない廊下に午後の陽が当っていた。掃除のおばさんが一人、大きな箒《ほうき》でそこら中を掃除している。彼女のまいた消毒液の匂いがする。

消毒液の匂い。彼に戻されたこの死の匂い。あの二年のさまざまな思い出をすべて圧縮した匂い。その中で彼が朝から晩まで嗅《か》ぎつづけた匂い。彼が生の匂いと呼んだもの。

午後の弱々しい光の中で、明石はしばらくの間、この臭《にお》いをかいだ。

エレベーターに乗って明石は自分がそこで過した階にいく。

まるで故郷とまではいわなくても長年、住みなれた家をふたたび見にいくような懐《なつか》しさがあった。エレベーターの前はすぐ看護婦室になっている。

中を覗くと、彼の見知らぬ看護婦が二人、大きな帳面をひろげて何かを書きこんでいた。

「中川さんは？」

彼が世話になった看護婦たちの名前を口に出すと、

「あの方はもう、およしになりました」

ほかの看護婦もそれぞれ別の科に配置がえになったり、病院勤めをよしたりしたらしかった。

「そうですか」明石はなつかしそうに看護婦室を見まわした。「私は……長い間ここにお世話になったんです」

長い廊下の両側に蜂《はち》の巣のように並んでいる病室からパジャマやガウンや丹前を着た患者が時折、出たり入ったりする。見舞にでもきたようなふりをして明石は通りすぎながら中を一寸《ちよつと》、横眼でみる。

何もかも、昔とは変っていない。ベッドにじっと寝ている病人。そのベッドにあぐらをかいたままトランプをやっている患者。小さな物置台がベッドの横にあり、その上に薬や花瓶がおいてある。壁にはカレンダーがはりつけてある。何もかも昔とはひとつも変ってはいない。ただ、もうこっちには開沢君も本間さんもいない。

かつて自分の病室だった扉の前に近かづいた時、明石の胸はしめつけられたように苦しくなった。

「早川房子」

そう書いた札をかけた扉は少し開いていた。隙間《すきま》から彼は素早く中を覗きこんだ。若い娘がここにいるらしく、ウクレレや人形がベッドの上に放りだされていた。

「どなたですか」

うしろをふりむくと、黄色いガウンを着た若い娘がいぶかしそうな表情をして立っていた。

「失礼しました」

明石は頭をさげ、自分が三年前、この病室にいたのだと説明すると、娘の顔がパッとあかくなった。

「じゃあ、この部屋は縁起がいいんですね」

「どうしてですか」

「だって、そうじゃありませんか。おじさんは良くなったんでしょ。あたしもおじさんのように早く退院したい。もう、ここにはあきあきしたんです」

「もう少しの辛抱ですよ」

そう言いだして明石は自分の言い方が少し不快になってきたので口を噤《つぐ》んだ。

「差支えなければ中を見せて頂けないでしょうか」

「恥《はずか》しいわ。ちらかしてるんです」

明石は病室の真中にたって、できるだけ娘の持物を見ないようにして壁やヴェランダの方に視線を走らせた。

（ちがっている。こうじゃなかった）

なぜかわからない。わからないが退院後、彼が数えきれないほど、心の中で思い出し、甦《よみがえ》らせてきたこの病室と現実に見たことは違っていた。壁はもっと暗い筈だった。天井ももっと低い筈だった。そしてベッドは右側の壁の方においてある筈だった。

「こうじゃなかったんだが、ベッドは始めから、ここでしたか」

「ええ。あたしが入院した時から」

部屋を間違えたのかと思ったがそうではなかった。一つだけ彼の記憶と合致するものがあったから。それは左側の壁の染《し》みだった。その染みを彼は術後、いつもじっと見続けてきた憶《おぼ》えがある。

「ヴェランダに行っていいでしょうか」

「ええ、どうぞ」

彼は壁に指をふれながら、そろそろヴェランダの方に歩きだした。術後、自分がこんな姿勢で九官鳥の鳥籠《とりかご》をながめるために歩いたことをはっきり思いだしながら。

ヴェランダにはもちろん、もう鳥籠はなかった。しかし彼にとっては苦しかった鳥籠が放りだされていた場所は憶えていた。白い糞《ふん》がこびりつき、水の枯れた水入れが転っていた鳥籠。

「あたし、手術を受けようか、それとも内科で気長に治そうかと迷ってるんです」

娘はうしろについてきた彼に人なつっこく話しかけた。

「おじさんは手術を受けたんですか」

「ええ」

「手術って、痛い？」

明石は娘の無邪気な眼をみて、微笑した。

「傷のほうはそんなに痛くはないですよ」

痛いのは傷口ではなかった。痛いのは手術そのものではなかった。手術までの長い時間である。

「しかし手術は大きな傷痕を残しますからね。お嬢さんなら内科のほうがいいかもしれない」

「もう何をしたって大丈夫なんですか」

「何をしたっていいと言うわけじゃないが、九州ぐらいまでは旅行もできます。私は先日、九州に行ってきました」

「早くそうなりたいなあ」

娘のその言葉には明石にじいいんとくる実感があった。

礼を言って部屋を出た。彼にはもう一つ見ねばならぬものがある。

階段をのぼり屋上に出ると、白い洗濯物が幾列にも干してあった。

手すりの向うに午後の街がひろがっている。バスや車のたてる音が下から雑然とした音のかたまりになって聞えてくる。明石はその真中に工場の煙が真直にたちのぼっていくのを見た。ケムリハナゼ、ノボルノカ。

両手の上にあごをのせたまま、明石はあの窓をそっと見た。窓はしっかりととじられている。だが下方の入口には、蟻《あり》のように人々が歩きまわっていた。看護婦。医者。

病人たち。

明石はそれらを俯瞰《ふかん》している自分の眼にあの九官鳥の眼差しを重ねあわした。九官鳥の眼差しの上にあの踏絵の基督の眼を重ねあわした。そして今、彼の病院生活という経験の円環がやっと閉じようとするのを感じた……。

「満潮の時刻」の七不思議

山根道公

この『満潮の時刻』という作品は、様々な意味で読者に不思議な思いを抱かせる小説ではなかろうか。その不思議の背後には作者の思惑や事情が秘められ、あるいはそれを超えた要因が隠されてもいるだろう。ここではそのような不思議の中からこの小説の独自な魅力とも関わるものを七つあげて解説したい。

まず第一は、この新刊本を手にした読者の多くが不思議に思うことだろうが、遠藤周作氏の大作ともいうべき長篇小説の新刊が、氏の没後五年を過ぎた今、私たちの前に現れたということである。作家の人生が完結し、もはや新たな長篇小説を読むことなどできないと思っていた遠藤文学の愛読者にとっては夢のような贈り物であろう。一九六五年の一年間、雑誌「潮」に連載後、三十五年にわたり未刊のまま眠っていた小説（「遠藤周作文学全集」第十四巻には収録された）が、二十一世紀になって一冊の本として初めて私たちの手に届けられるという不思議さの背後に何か深い意味がありはしないだろうか。

思えば二十世紀最後の年には、遠藤周作文学館が長崎県外海町に開館し、『遠藤周作文学全集』（新潮社）の刊行も完結、さらに遠藤文学の愛読者によって「周作クラブ」（代表世話人・加藤宗哉）が発足した。この「周作クラブ」は「人間の弱さや哀《かな》しみに対する共感という遠藤文学のテーマが二十一世紀にも受け継がれるように」との願いから「それぞれの立場を超えた遠藤文学体験の共有」を目的に誕生したものである。この「人間の弱さや哀しみに対する共感という遠藤文学のテーマ」が、遠藤氏の中で自分のものとなって熟成してゆく原点ともいうべき体験がなまなましく描かれているのが、まさにこの『満潮の時刻』であるといえるだろう。

その体験とは、遠藤氏が『海と毒薬』で文壇の高い評価を得て、妻と幼い子をもつ中堅作家としてこれからという三十七歳の時に結核が再発し、二年半に及ぶ入院と三度の手術を強いられる挫折《ざせつ》と苦渋にみちた病床体験である。それは氏の生涯における生活上の最大の挫折であったと思われるが、遠藤氏はかえってそこに人生のために貴重な何かが秘められていることを見いだし、人生に何一つ無駄なものはないという、その後の遠藤文学の根底に流れ続ける人生観を自分のものとした。そうした体験の描かれた小説が、生活上の挫折によって多くの人が苦しんでいる今の時代に届けられることには、偶然を超えた意味があるようにも思われる。

それでは、なぜ、そのような重要なテーマを担《にな》う作品が遠藤氏の長篇小説の中でおそらく唯一《ゆいいつ》、単行本化されないままであったのだろうか。佐藤泰正氏との対談集『人生の同伴者』の中で、この小説に早くから注目していた佐藤氏がその理由を尋ねると、遠藤氏は「徹底的に手を加えたいと思っていたわけです。（中略）病床体験は『哀歌』（昭40）のなかで短篇として拡散されて入ってますから、それで出版を遅らせてしまっているうちに、そのままずるずるとなった」と答えている。そうであれば、どうしてこの作品には徹底的に手を加える必要があったのか、さらにそれが結局そのままになったのはなぜかと疑問が起きよう。

そこで第二の不思議はその疑問と関わってくる。それはこの小説を読み進めてゆくうちに気づくことである。すなわち、第五章で主人公の明石は白血病の男が死んだことを確認するが、第七章で再びそれを初めてのように確認したり、また第十章で荘ちゃんという男の子の死を知るが、第十二章でまだ生きているように思ったり、あるいは明石の入院期間が一年八カ月とされていたのが、第十二章で明石の記憶の中では二年になったりするということである。そうした内容の混乱を思えば、遠藤氏が単行本にする前に「徹底的に手を加えたい」と思っていたのも納得のいくことである。しかし、それがなされなかったのは、その後、人気作家になってゆくなかでの多忙さということもあろうが、さらに晩年の書き下ろしエッセイ「沈黙の声」（一九九二年）で遠藤氏自身語っているように、氏は自らが発表した文章を後になって手を加えるタイプの作家ではなく、「私の場合、たとえば三十歳で書いた小説なら、そのなかの欠点は三十歳の情感をふくんだ欠点だと思いたい」という思いをもつ作家であったことも関係していよう。その氏の思いから言えば、この『満潮の時刻』のストーリーや表現上の混乱も含めた様々な欠点には、執筆中の遠藤周作四十二歳の情感がこもっているともいえ、それもまたこの作品ならではの味わいであろう。

ところで、この遠藤周作四十二歳の年、一九六五年と言えば、氏が作家としての生涯で最も忘れがたい年ではなかったろうか。なぜなら、その年の一月から遠藤氏は新潮社の「純文学書下ろし」という初めて与えられる大舞台に発表する長篇『沈黙』の執筆を開始し、十月初めにそれを書き上げているからである。遠藤氏は、この五年前に肺結核再発で入院し、二度の手術に失敗の後、死の危険のあった三度目の手術の折に、自分の小説のことを思い、生きてかえって小説を書きたいと切に思ったという。そしてその願いがかなって死の淵《ふち》を彷徨《さまよ》いながらも手術が成功したことで、三年近い病床生活から解放され、再び小説が書ける体になって二年後、自分の過半生のすべてを込め、「この小説を書き上げることが出来たら、もう死んでもいい」（「沈黙の声」）というほどの気持ちで、持てる力のほとんどをつぎ込んで取り組んだのが『沈黙』である。同時に連載の始まった『満潮の時刻』では、病床体験の中で『沈黙』が心のうちに熟していった過程を再確認するような思いで毎月の原稿を書いたのではないかと察せられる。そのため『満潮の時刻』に十分な時間をとって小説の全体としての完成度を高める余裕はなく、毎月の分を書き上げるのに手一杯であったにちがいなかろう。実際に第一章の明石の結核発病の場面のみは、戦中派としての遠藤氏の思いが重ねられた虚構性をもつ小説としてはじまるが、第二章以降の入院生活での三回にわたる手術の経緯や他の患者のエピソードなどがほとんど事実に近い形で書かれていることは、入院生活に触れたエッセイなどからもうかがえる。そうした意味で『満潮の時刻』は完成度という点では問題のある小説ではあるが、それだけにかえって『沈黙』の背後にある遠藤氏の病床体験がなまの形で描かれていて、それがこの小説の特色ある魅力となっている。さらに言えば、それによってこの小説は『沈黙』と表裏をなす作品として、カトリック作家遠藤周作を理解する上でも欠くことのできない位置を占める作品となっているといえるのである。

次に第三の問題として小説の内容に関わることだが、キリスト教に特に関心のない平凡な勤め人の明石が三度目の手術を受けた夜、踏絵の基督《キリスト》を夢に見るという小説の展開について、不思議に思う読者も少なくないのではなかろうか。明石が夢で踏絵の基督の眼を見、その後もそれにこだわり続けるという小説の展開は確かに唐突であるだろう。しかしそれだけに、そうした展開を敢《あ》えてしてまでも明石の病床体験を踏絵の基督の眼に結びつけないではいられない遠藤氏の内なる衝動には切実なものがあったにちがいない。その切実さは、エッセイ「異邦人の苦悩」の中で氏が「私にとって距離感のあるキリスト教を、どうしたら身近なものにできるか」という「生涯やらなければならない自分だけのテーマ」を背負って小説家になり、『海と毒薬』までもっぱらその距離を書きつづけてきたのが、その後の入院体験の間にその距離を「すこしずつ自分の内面でうずめはじめ」、さらに長崎で見た踏絵の基督の顔が「私にとって日本人とキリスト教とをうずめてくれる、大きなきっかけともなった」と語っていることからもうかがえる。そのようなテーマを考えるなら、死の危険を覚悟した三度目の手術という最も苦しい体験をした直後の明石の無意識が、自らの苦しみを共にしてくれる眼差しを渇望し、それに答えるものとして踏絵の基督の眼が夢に現れたと解することができよう。さらにその夢には、キリスト教に無関心な日本人であっても、その無意識にある渇望に答えるものが踏絵の基督の眼にはあるという遠藤氏の思いが込められているということもできるのではなかろうか。

さらに第四には、夢に出てきた踏絵の基督にこだわる明石が、退院後長崎の洋館を訪れた時、硝子《ガラス》ケースの中に収められていた一枚の踏絵の基督の声を聞くということに不思議を感じる読者もいるのではなかろうか。明石は、踏絵の前に立ち、肉体の恐怖からその踏絵を踏む切支丹《キリシタン》の男を想いうかべる。その男の足は痛み、その苦痛の痕《あと》が踏絵の板に残った親指の痕だと思う。そして哀しそうな眼でじっとこちらをむいている踏絵の基督の眼差しは、自分の顔に足をかけるものを恨んではいないと思う。その時、(私は……お前の足の痛みを知っている。お前がそれに耐えられぬのなら踏みなさい。私の顔に足をかけるのだ。もし、愛する者が私と同じ立場にいたならば、その人は私と同じことを言うだろう。踏みなさい。足をかけなさい)という声が明石にふと聞こえる。ここで明石には、一枚の踏絵からなぜ声が聞こえたのか。明石は苦しい病床体験の中で様々に苦しむ人間を目の当たりにし、そうした人間の苦しみに共感する眼差しを自分のものにした。さらに鳥や樹《き》や花といった無言の事物もその共感の眼差しを人間に向けながら何か囁《ささや》いていると感じ、その沈黙の声を懸命に聞きとろうと切実に願い続けてきた。だからこそ、明石が想《おも》いの中で踏絵に足を下ろす者の痛みに共感したとき、踏絵の基督の眼差しが足を下ろす者に訴える沈黙の声を聞くことができたのではなかろうか。

この踏絵を前にした明石のなまなましく描写された体験には、『沈黙』が書かれる契機ともいうべき、長崎の十六番館で黒い足指の痕がついた踏絵を見たときの遠藤氏の踏絵体験がなまの形で重ねられていることは、この体験の直後に書かれたエッセイ「踏絵」などからも確認できる。この病床体験でえられたものが踏絵体験と結びついて一つの焦点を結んだところ――すなわちそれは遠藤氏の心の中に『沈黙』がうまれるところでもあるが――まで描いて『満潮の時刻』は閉じられる。

さて、第五はこの小説の題についてであるが、「満潮の時刻」という題のイメージは小説の内容に関わる素材とはほとんど直接には結びつくところがないことから、この題名は何を意味するのかと不思議に思う読者もいるのではなかろうか。遠藤氏は「できるだけ抑制の効いたタイトルにして、そのなかで小説のテーマを読み取ってもら」う「ダブル・イメージを持つ題が私は好きなのである」(「沈黙の声」)というが、この題はまさにそうした題である。そうであればそこからどのようなテーマを読み取ることができるだろうか。この小説を注意深く読むと、第十一章の終りで長く苦しかった入院生活からやっと退院する明石が妻との会話の中で「新しい生命が生れるのは満潮の時刻」という、この題の意味を暗示する言葉がさりげなく語っていることに気づこう。

「満潮の時刻」が〃新しい生命の誕生の時〃とすれば、まず、明石にとっては退院が新しい誕生の時であった。長く苦しかった病床体験を通して明石のなかで、白血病の男の窓を視《み》る自分の眼と、孤独な明石を視る九官鳥の眼と、自分に足を下ろす者を視る踏絵の基督の眼とが、人間のどうにもならない苦しみをじっと視る共感の眼差しとして一つに重なっていった。すなわち、明石は共感の眼差しが自分に向けられていることを実感すると共に、自分自身がその同じ共感の眼差しで人間と人生を視る眼をもったということである。そこに明石の、新しい誕生をみることができよう。

さらに言えば、人間のどうにもならない苦しみを共に苦しんでくれる母のような基督の眼差しを実感して自分のものとしたキリスト者遠藤周作の誕生とともに、その同じ共感の眼差しで人間と人生を視る新たな眼をもった作家遠藤周作の誕生の時という意味もそこには重ねられているのではなかろうか。そして、遠藤氏がその新たな信仰の実感と新たな共感の眼差しを切支丹時代の人々に注いだ時、『沈黙』という日本人の心に届く基督の顔を描いた新たな小説が生れたともいえるだろう。

また、遠藤氏が『沈黙』が心の中に焦点を結ぶまでの病床体験を投影した小説の連載をはじめるにあたって、その題を「満潮の時刻」とつけた時の思いを想像するなら、今まさに新しい小説を誕生させる時が満ちたといった意気込みをもっていよいよ『沈黙』の執筆をはじめる氏の心の高ぶりまでその題から伝わってくるように感じられる。

ところで、『満潮の時刻』と並行して書いていた長篇に遠藤氏のつけていた題は実は『沈黙』でなく『日なたの匂《にお》い』であったが、この題ほど読者に不思議を感じさせる抑制の効いた題はないだろう。それが出版社の友人の勧めで刊行時に『沈黙』に変ったことで、「神の沈黙を描いた作品」という誤読を招く原因になったことを、遠藤氏は悔やみ、「神は沈黙しているのではなく語っている」という「沈黙の声」の意味をこめての「沈黙」だった(「沈黙の声」)と後年、語っている。そうした黙っていると思えるものも実は人間に話しかけているという発見こそ、この『満潮の時刻』の全体を貫くテーマでもあるということもできる。例えば、三度目の手術後の明石が、日なたぼっこをしながら肋骨《ろっこつ》の数本を失って凹《くぼ》んだ部分にそっとふれ、そのような発見をえるためにこの骨を失ったのだと思えばいいと思う場面がある。こうした生活の挫折のなかで人生を噛《か》みしめている明石を、暖かな光が優しく包んでいるという世界は、「日なたの匂い」ということばのイメージと結びつくように思われる。『満潮の時刻』の世界を深く読み味わった後、「日なたの匂い」の題のもとで改めて『沈黙』を読んでみるなら、遠藤氏がその作品に込めた思いにもより近づき、新たな感動を味わえるのではなかろうか。

次に第六としてあげたいのは、この小説を読み味わっていると、『沈黙』はもちろんだが、他にも遠藤文学の様々な作品の大切な場面があれこれと思い起こされるという不思議である。例えば『わたしが・棄《す》てた・女』のミツが壮ちゃんの死によって神を否定する場面、吉岡が屋上から黄昏《たそがれ》の街を見つめ人生を噛みしめる場面、『死海のほとり』のイエスが死にゆく子どもを前にその親の手を握ることしかできない場面、『侍』の従者の与蔵が「ここからは……あの方がお供なされます」と処刑場に向かう侍にいう場面、『深い河』の磯辺の妻が病室の窓から見える樹と対話する場面、等々。これらのことからも、この小説に投影されている遠藤氏の生涯のなかで最も挫折と苦渋を味わった病床体験が、それ以降の遠藤文学にどれほど豊かな実りを与える土壌となったかを理解できる。

最後に第七の不思議は、この小説で明石に強烈な印象を与える白血病の男とその手を握る妻を描いた場面が、ほぼ三十年後の遠藤氏の最期《さいご》の姿と鮮やかに符合することである。遠藤氏の七十三年の生涯の幕が閉じられたのもこの小説の舞台のモデルと同じ慶応病院であったが、その最期の様子は、順子夫人が夫の思い出を記した『夫の宿題』の中で詳しく伝えている。臨終の時も遠藤氏の手を握ったままだった夫人は、氏の顔が歓喜に充ちた表情に変容した途端に、握った手を通して「俺はもう光の中に入った、おふくろや兄貴にも逢《あ》ったから安心しろ。死は終りじゃないんだ、またきっと逢えるからな」というメッセージを受け取ったという。遠藤氏の最後の三年半は、実に苦しい闘病生活で、特に最後の一年間はほとんど口がきけず手を握りあうことでしか意思を伝えあえなかったが、順子夫人は、その一年があったおかげで、握った手を通して臨終の時の夫からのメッセージを受け取ることができたのだから、人生に何一つ無駄なことはないのだと覚《さと》ったという。『満潮の時刻』の中で明石は「夫婦として結ばれた男女がその片一方の死によってやがて引きさかれる——その運命に彼等はどうやって、どこまで抵抗するだろうか」と思い、彼等が「ただ手を握りあうことによって」死に立ち向かっている姿を眼がしらを熱くしながらじっと見つめ、「だが死にたちむかうのに、手を握るしか方法のない人間の行為に、彼はなぜか知らぬが生きることの素晴らしさを感じたのである。なぜそこに人間の素晴らしさがあると思ったのか、今の彼にはわからない。だが同時にもし自分がこの理由を嚙みしめていけば、人間にとって死がなぜ与えられているか、死の意味とは一体なんなのかが少しずつ解きほぐされていくような気がする」と思う。遠藤氏が死に立ち向かう夫婦を見つめながら発したこの三十数年前の人生の問いに、遠藤氏と夫人との手を握りあう最期の姿そのものが答えているところに、何か偶然を超えた深い人生の真実が示されているように思える。

ここまで見てきたように『満潮の時刻』は遠藤氏の文学と信仰の背後にある最も重い体験を鮮烈に伝えている小説にちがいなく、それが深く読み味わわれるところから、さらに遠藤文学全体が新たに深く読み味わわれてゆく新世紀が開かれるのではなかろうか。おそらく二十一世紀に贈られる遠藤氏の最初にして最後となろう新刊長篇の最も大きな意味はそこにあるように私には思われるのである。

＊文中で触れた「周作クラブ」の連絡先　小松捷利（電話・FAXとも〇三―三二〇二―二六八四）

（平成十三年十二月　ノートルダム清心女子大学講師）

この作品は平成十二年六月新潮社より刊行された
『遠藤周作文学全集　第十四巻』に収められた。

遠藤周作著
白い人・黄色い人
芥川賞受賞
ナチ拷問に焦点をあて、存在の根源に神を求める意志の必然性を探る「白い人」、神をもたない日本人の精神的悲惨を追う「黄色い人」。

遠藤周作著
海と毒薬
毎日出版文化賞・新潮社文学賞受賞
何が彼らをこのような残虐行為に駆りたてたのか？ 終戦時の大学病院の生体解剖事件を小説化し、日本人の罪悪感を追求した問題作。

遠藤周作著
留学
時代を異にして留学した三人の学生が、ヨーロッパ文明の壁に挑みながらも精神的風土の絶対的相違によって挫折してゆく姿を描く。

遠藤周作著
母なるもの
やさしく許す〝母なるもの〟を宗教の中に求める日本人の精神の志向と、作者自身の母性への憧憬とを重ねあわせてつづった作品集。

遠藤周作著
彼の生きかた
吃るため人とうまく接することが出来ず、人間よりも動物を愛し、日本猿の餌づけに一身を捧げる男の純朴でひたむきな生き方を描く。

遠藤周作著
夫婦の一日
たびかさなる不幸で不安に陥った妻の心を癒すために、夫はどう行動したか。生身の人間だけが持ちうる愛の感情をあざやかに描く。

遠藤周作著
砂の城

過激派集団に入った西も、詐欺漢に身を捧げたトシも真実を求めて生きようとしたのだ。ひたむきに生きた若者たちの青春群像を描く。

遠藤周作著
悲しみの歌

戦犯の過去を持つ開業医、無類のお人好しの外人……大都会新宿で輪舞のようにからみ合う人々を通し人間の弱さと悲しみを見つめる。

遠藤周作著
沈黙

谷崎潤一郎賞受賞

殉教を遂げるキリシタン信徒と棄教を迫られるポルトガル司祭。神の存在、背教の心理、東洋と西洋の思想的断絶等を追求した問題作。

遠藤周作著
イエスの生涯

国際ダグ・ハマーショルド賞受賞

青年大工イエスはなぜ十字架上で殺されなければならなかったのか——。あらゆる「イエス伝」をふまえて、その〈生〉の真実を刻む。

遠藤周作著
キリストの誕生

読売文学賞受賞

十字架上で無力に死んだイエスは死後〝救い主〟と呼ばれ始める……。残された人々の心の痕跡を探り、人間の魂の深奥のドラマを描く。

遠藤周作著
死海のほとり

信仰につまずき、キリストを棄てようとした男——彼は真実のイエスを求め、死海のほとりにその足跡を追う。愛と信仰の原点を探る。

阿川弘之著
雲の墓標
一特攻学徒兵吉野次郎の日記の形をとり、大空に散った彼ら若人たちの、生への執着と死の恐怖に身もだえる真実の姿を描く問題作。

阿川弘之著
春の城
読売文学賞受賞
第二次大戦下、一人の青年を主人公に、学徒出陣、マリアナ沖大海戦、広島の原爆の惨状などを伝えながら激動期の青春を浮彫りにする。

阿川弘之著
山本五十六
新潮社文学賞受賞（上・下）
戦争に反対しつつも、自ら対米戦争の火蓋を切らねばならなかった連合艦隊司令長官、山本五十六。日本海軍史上最大の提督の人間像。

阿川弘之著
米内光政
歴史はこの人を必要とした。兵学校の席次中以下、無口で鈍重と言われた人物は、日本の存亡にあたり、かくも見事な見識を示した！

阿川弘之著
井上成美
日本文学大賞受賞
帝国海軍きっての知性といわれた井上成美の戦中戦後の悲劇――。「山本五十六」「米内光政」に続く、海軍提督三部作完結編！

石川達三著
青春の蹉《さ》跌《てつ》
生きることは闘いだ、他人はみな敵だ――貧しさゆえに充たされぬ野望をもって社会に挑戦し、挫折していく青年の悲劇を描く長編。

北杜夫著

夜と霧の隅で

芥川賞受賞

ナチスの指令に抵抗して、患者を救うために苦悩する精神科医たちを描き、極限状況下の人間の不安を捉えた表題作など初期作品5編。

北杜夫著

幽霊

―或る幼年と青春の物語―

大自然との交感の中に、激しくよみがえる幼時の記憶、母への慕情、少女への思慕――青年期のみずみずしい心情を綴った処女長編。

北杜夫著

どくとるマンボウ航海記

のどかな笑いをふりまきながら、青い空の下を小さな船に乗って海外旅行に出かけたどくとるマンボウ。独自の観察眼でつづる旅行記。

北杜夫著

どくとるマンボウ昆虫記

虫に関する思い出や伝説や空想を自然の観察を織りまぜて語り、美醜さまざまの虫と人間が同居する地球の豊かさを味わえるエッセイ。

北杜夫著

どくとるマンボウ青春記

爆笑を呼ぶユーモア、心にしみる抒情。マンボウ氏のバンカラとカンゲキの旧制高校生活が甦る、永遠の輝きを放つ若き日の記録。

北杜夫著

楡家の人びと

（第一部～第三部）

毎日出版文化賞受賞

楡脳病院の七つの塔の下に群がる三代の大家族と、彼らを取り巻く近代日本五十年の歴史の流れ……日本人の夢と郷愁を刻んだ大作。

満《みち》潮《しお》の時《じ》刻《こく》

新潮文庫　え－1－37

平成十四年二月一日発行
令和四年十月二十五日十二刷

著者　遠《えん》藤《どう》周《しゅう》作《さく》

発行者　佐藤隆信

発行所　株式会社 新潮社

郵便番号 一六二―八七一一
東京都新宿区矢来町七一
電話 編集部(〇三)三二六六―五四四〇
読者係(〇三)三二六六―五一一一
http://www.shinchosha.co.jp

価格はカバーに表示してあります。

印刷・大日本印刷株式会社　製本・株式会社大進堂

ISBN978-4-10-112337-0 C0193